魅丽文化 桃天工作室

他的小可爱

lovely girl

萧小船 著

江苏凤凰文艺出版社
JIANGSU PHOENIX LITERATURE AND ART PUBLISHING, LTD

图书在版编目（CIP）数据

他的小可爱 / 萧小船著 . -- 南京 : 江苏凤凰文艺出版社 , 2019.6
ISBN 978-7-5594-3631-3

Ⅰ . ①他… Ⅱ . ①萧… Ⅲ . ①长篇小说 – 中国 – 当代
Ⅳ . ① I247.5

中国版本图书馆 CIP 数据核字 (2019) 第 074983 号

他的小可爱

萧小船 著

责任编辑	张 倩 王 青
特约编辑	刘思月 廖双双
装帧设计	熊 婉
出版发行	江苏凤凰文艺出版社
	南京市中央路 165 号，邮编： 210009
网　　址	http://www.jswenyi.con
印　　刷	湖南关山美印有限公司
开　　本	880mm × 1230mm 1/32
印　　张	9
字　　数	175 千字
版　　次	2019 年 6 月第 1 版，2019 年 6 月第 1 次印刷
书　　号	ISBN 978-7-5594-3631-3
定　　价	36.80 元

目录

contents

目录

contents

我们，是少时的夏大侠跟陈掌门，是小学时的夏老大和陈跟班，是高中时的夏猪蹄子和陈可爱，是大学时的我和他……

是毕业后结婚证上的夫和妻。

——————夏霁 & 陈桉桉

楔子

我们的爱情，从瓮中捉鳖开始

关于跟夏霁确立恋爱关系这件事，陈桉桉从开始到最后都是满脸疑问。

高考结束的那天，终于解脱的高三学生们纷纷聚在一起，美其名曰“庆祝自由，庆祝长大”，说穿了就是寻个由头甩开家长出去浪一下。

陈桉桉跟着几个好朋友，带齐装备准备去附近的水上乐园玩个夜场，刚下去就看见一楼的楼道里有一个黑影鬼鬼祟祟的，不知道在干吗。

她的心猛地一跳，转头就要往回跑，男声幽幽地从后头响起：“陈桉桉。”

陈桉桉听着这熟悉的声音松了口气，几步走过去，曲着条无处安放的大长腿正靠在墙上的人白衣黑裤，头发软软地遮住额头，眯着眼看她……和她扛着的、巨大无比的、用来冲浪的鲨鱼游泳圈。

“夏霁你有事儿吗？不太急的话，等我玩完回来再说。”

“还真有事，还挺急。”夏霁慢悠悠地走到门边，他长得高大，随随便便一堵就断了她可能有的所有逃生路线，她的脑海里顿时晃过四个大字：瓮中捉鳖。

“同学们都想着把之前想做而又没做的事情都做一遍，让高中生涯得以圆满。我仔细地想了一下，我这三年也没什么想做又没做的事情，但又不想显得不合群。郭铭昊说我没谈过恋爱，这虽然是我主观拒绝的结果，但勉强算得上一件吧！”

陈桉桉扛着游泳圈累，干脆把游泳圈放在地上骑在上面，她小小一只，留着齐下巴的短发，显得脸看起来只有巴掌大。夏霁看了几眼，张开手盖在她的头上面。陈桉桉一把拍开他的手："说话就说，干吗动手动脚的？"

嗯，她的小脑袋还没他巴掌大。

夏霁在心里琢磨着，继续装模作样："我想抓个壮丁，而你这么幸运被我抓到，所以我们做一天男女朋友来弥补一下我的遗憾。"

陈桉桉的心跳快了一拍，眉头紧锁，挣扎道："凭什么？"

"去水上乐园，我请。"

"成交。"

水上乐园人满为患，夏霁扛着两个游泳圈排队，陈桉桉就坐在旁边喝果汁。见她领着夏霁过来，几个和她约好的同学立马就溜了，表示跟他们不熟："夏霁杵在那儿，那长相、那身高、那身材，我们过去跟他一比，跟慢性自杀没区别，撤了。"

陈桉桉的目光转啊转移到夏霁身上，他下身穿了条沙滩短裤，上身光着，本来就是练击剑出身的体育特长生，腰是腰，胯是胯，一转身走过来，腹肌紧实，人鱼线明显，夕阳的金光一照上去，颜色那叫一个诱人。

"想摸一摸吗？"

陈桉桉刚想点头又觉得不大对，顽强地守住了自己的底线：

"看着太油，算了吧！"

夏霁："……"

陈桉桉跃跃欲试，蹦着要去玩那个最刺激的项目，两个人一前一后坐在双人游泳圈上从高空滑落，在隧道里飞驰。夏霁没拦她，坐在游泳圈的后面，双腿向前伸，小腿刚好被陈桉桉的双臂夹着。

陈桉桉一脸的无所畏惧，工作人员猛地一推，下一秒，她的尖叫声差点儿把夏霁的耳朵震聋。从隧道里出来，陈桉桉脸色煞白，腿软得下都下不来。后来还有人等着排队，夏霁没办法，拎着她的小胳膊往肩上一丢，把她扛了下来。

之后不管他说什么，她都不玩了，就骑在大鲨鱼游泳圈上悠闲地在水面上漂流，偶尔漂不动，他走几步过来，用力一推把她推出去老远，所谓的一天男女朋友的关系就在他一推、她一漂中走到了尽头。

第二天，陈桉桉跟几个同学约好去叛逆地撕两页高中课本，再把剩下的书卖掉，结束高中生涯。同桌江梨建议陈桉桉把手机卡也注销掰断，从此跟罪恶的高中生涯一刀两断。

陈桉桉觉得有道理，在所有都结束之前，她想起昨天的水上乐园，想起了夏霁……那个人大概跟书本和手机卡一样，永远地留在了高中。

陈桉桉高考发挥稳定，顺利地进了 A 大中文系。临出发的前一天，她下楼买东西，又看见楼道里有道黑影，无比眼熟。

“夏霁？”

“嗯。”夏霁从阴影处走出来，很自然地去牵她的手，“去买什么？巧克力还是芒果干？”

陈桉桉被他拖着走了好几步才反应过来不太对劲儿，手往外挣：“说话就说话，干吗拉拉扯扯的？”

夏霁迅速地又抓住她的手，回头面无表情地看着她：“你不是我女朋友吗？我拉女朋友的手，合乎情理。”

“不是就做一天男女朋友给你弥补遗憾吗？一天早就过去了。”

夏霁的另一只手在口袋里掏出手机，按了几下递到她面前：“我第二天晚上给你发了消息，你看下时间。”

——我后悔了，我不仅想和你做一天的男女朋友。你要是和我有一样的想法就不要回复，当作默认我们的关系。

时间确实是他们去水上乐园的第二天。

陈桉桉：？？？

可她的手机卡都被掰碎了，她压根儿没收到信息，再说现在什么年代了，居然还有人发短信？

“我——”

“想反悔了？”夏霁的手微微地用力，她人瞬间就到了他面前。他还是那张没多少表情的脸，目光阴森森的：“我忘了告诉你，我也上了 A 大，这样以后我们就不用异地恋了。”

潜台词：离得这么近，如果我想找你麻烦也很容易呢！

这是威胁。

赤裸裸的威胁。

陈桉桉蒙了，夏霁眼明手快地拉着她往外走：“所以你是买巧克力还是芒果干？”

小孩子才做选择，高中毕业的人当然是都要。捧着一大袋巧克力和芒果干回家，陈桉桉才回过神，她和夏霁就这么开始了？

“怎么哪里不对劲的样子……”

一楼，夏霁往门外走，边走边拨了个号码出去，真心真意地说：“多谢你了，丘比特，哪天请你吃饭。”

丘比特·掰手机卡助攻·好同桌·江梨：“请吃什么饭啊，怪不好意思的，折现吧！”

夏霁：“……”

一

夏猪蹄：我女儿六岁就能比你高

1.0

夏天巨热，钢铁直男死也不想打伞，A 大某些脑回路清奇的大佬就想了个绝妙的主意，拉了个群让女生打伞带男生上课，费用自行计算。

男女的搭配由群主抓阄决定。

这一天，A 市温度突破 40℃，陈桉桉刚拿着伞下楼就看见花坛边儿杵着个人。说“杵着”是因为夏霁长得高，跟一根电线杆子一样。当初他说自己 188cm，陈桉桉不信，他第二天就剃了个平头脱了袜子量，净身高 188.3cm。

“四舍五入 188cm，那多出来的 0.3cm 匀给你了。”

陈桉桉气得跳起来，那么努力也才跳到他肩膀上方，谁让她才 155cm，用他的话说，他要是有个女儿的话，六岁就能跟她差不多高。

“腿长了不起啊？！”

夏霁点头：“没错，腿长就是了不起。”

这回陈桉桉没想到抓阄也能抓到夏霁，这大概就叫人间不值得吧！

她一句话都懒得跟他说，生怕他揪着她话里的一个标点符号就开始攻击她，打开伞递过去。夏霁接过伞撑起来，两个人安静得如两只下不出蛋的母鸡，憋着看谁先受不了，跟对方说第一句话。

陈桉桉走了一会儿，粉底液化了一半，这回算她输了：“大哥，你能不能把伞往下放点儿，照顾一下我的身高？”

夏霁脸都没转，一脸冷漠：“再往下就会戳到我眼睛。”

“那我不送你了，钱不要你的，再见。”陈桉桉跳了两下，却连伞的把手都没摸到。夏霁把伞举得高过头顶，垂眼看她：“我有个不错的主意。”

……

这一日从女寝到逸夫楼的一路，夏霁背着陈桉桉，陈桉桉背着两个书包，手里举着把伞，引得无数路人围观。陈桉桉的下巴抵在他头顶，感受这一刻难得的平静与温馨，因为跟他冷战什么的，她突然就不记得了。

“哎，老大，咱们这样像不像——”

“英俊爸爸背着女儿？”

陈桉桉：“……”

夏霁：“叫爸爸。”

陈桉桉：“……”

她突然想起来为什么跟他冷战了。

因为她跟他玩“吃鸡”的时候，他兴奋地对她吼：“躺赢爽不爽？！叫声爸爸听一听！”

……叫你个头！

2.0♡

其实对于跟夏霁谈恋爱这件事，一开始，陈桉桉整个人都是蒙的。

但她吃了他买的零食——嘴软，牵了他的猪蹄——手短，再加上他们确定关系第二天就要去A大报名入校，全程他都给她安排得明明白白的，整理行李、打扫寝室、铺床晒被，就半天的工夫，同宿舍楼大半的人都知道中文系的陈桉桉有个超帅的暖宝宝牌男朋友。

他超帅她承认，但是说他暖，那些人的眼睛一定有问题。

阴差阳错地确定了关系，又极其迅速地被动接受了这个男朋友，陈桉桉想他怎么着也不会像从前那样嘴毒怼人了吧！

然而事实无情地告诉她，她想多了。

夏霁在“温柔照顾她”跟“嘴炮噎死她”之间切换自如，精分得可以，让她不止一次想拿他们学院的解剖刀切开他的脑子看看它里面是个什么结构。其中夏霁整日拎出来怼的，就是陈桉桉的身高。

“现在的小孩子普遍激素吸收过多，长得高大，你如果晚生几年，大概会赶上好时候。”

“不过也没事儿，我妈说二十三还能蹿一蹿，估计能蹿个一两厘米，够用了。”

“今年圣诞节，我给你买了个惊喜的礼物，看！”

一双无敌内增高鞋。

要不是看价格让人颤抖，陈桉桉真的很想把鞋子带盒子一起扔他脸上。

幸亏她心慈手软地留下了鞋子，等回寝室后才发现鞋盒下层放着一个小盒子，里面是一条铂金手链，细细的一条链子，下面挂着她最喜欢的小月亮挂饰，精致又可爱。

手链大小刚刚好，陈桉桉摸着小月亮，心里甜滋滋的，可又真真切切地觉得夏霁那个猪蹄子实在是讨厌得要命。

因为“英俊爸爸背着女儿”的说辞勾起陈桉桉无数次被他怼身高的痛，于是她又开始和夏霁冷战了，发消息不回，打电话不接，约会不去，借口统一是：期末复习。

夏霁堵了三天没堵到人，转道去了图书馆，上了二楼就看见落地窗旁边的座位上坐着他的陈可爱，正低头啃着笔，聚精会神地看书。他步子放得很轻，拉开她对面的椅子坐下，双手交叠着放在桌子上，脑袋跟着枕上去，目光肆无忌惮地打量着她。

陈桉桉听到动静一抬头，就撞上一张赫然在她面前放大的脸。她心虚地立马把书放到下面，绷着她那张俏生生的脸：“别在这儿坐着，挡光。”

“明晚风雨操场开音乐节，有个你喜欢的乐队，我留了两张票，一起去吧！”

“不去，马上期末考试，我快复习不完了。”

夏霁直起身子，将一张票放在桌子上，也没什么笑模样：“随你吧！”然后就走了。他刚下了课出来，身上还穿着白大褂，单手插在口袋里走路都带着和煦清风，吸引目光无数，陈桉桉对着他的背影气得咬牙切齿。

本来就是他不对，他还有理了！

这回她要坚持底线，绝不向夏霁那个大猪蹄子低头！

夏霁下了一楼，到了电子借阅室，输入陈桉桉的学号和密码，上面显示出她的借阅记录。

时间：6 月 18 日 16:30

书名：《三十招教你驯服不听话男朋友》《震惊！男朋友不听话时还可以这么办……》

夏霁：“……很好。”

3.0

第二天一整天风平浪静，可能是陈桉桉态度坚决、语气生硬，刺得夏霁下不来台，这天他一个电话也没打，就连去图书馆堵人都没去。

“唉！人夏霁凑过来时你不理不睬，现在见不到人又开始牵肠挂肚，呵，女人。”

陈桉桉将床上的月亮抱枕照着说话的室友汪年扔过去，汪年啃着苹果脑袋一歪，抱枕砸到墙上，落在地上。陈桉桉“嗒嗒”

地从床上跑下来，捡起抱枕拍了拍裹在怀里。

当时夏霁送抱枕过来的时候它们是一套，一个月亮三个星星，陈桉桉坚持将其中一个星星抱枕给夏霁用。

“我一个大男人用这么粉的东西做什么？”夏霁坚决地抵抗，陈桉桉鼓着脸，瞪着眼，“晚上星星都围着月亮，我让你围着我怎么了？”

于是那一日，夏霁怀里就紧紧地抱着个粉色的星星抱枕，从女寝楼下一路招摇过市地走回男寝。

陈桉桉的思绪刚往外飘了十米就被汪年拉回现实：“得了，我给你找个台阶下，喊你家夏老大一起来‘吃鸡’。”

她勒紧月亮抱枕，把它当成那个猪蹄子的脖子，坚决地摇头：“我不。”

而她坚持的结果是把把游戏落地成盒，又一局过后，汪年抱住她的大腿，就差给她跪下了：“盒子精，求你了，向夏老大低头吧，我想躺赢。”

陈桉桉：“……本将军身边的敌方奸细实在是太多了。”

“陈将军”独自苦苦地支撑着局面，支撑到天黑时，在寝室听见震耳欲聋的音乐浪潮声，是从风雨操场传来的。

每年的这个时候，A 大都会举行音乐节，场场火爆，一票难求。陈桉桉还没进 A 大的时候就对音乐节无比向往，好不容易等到了，还拿到了票，里面还有她最爱的草莓乐队，她实在不甘心因为夏霁那个大猪蹄子就白白地错过。

“现场的同学们，让我看到你们的双手——”

草莓乐队主唱阿粥的声音透过话筒传开，陈桉桉一颗心顿时像被电击了一样，顾不上别的，拿着门票就狂奔着下楼。

彼时风雨操场一片喧闹，台下的同学们纷纷站起，拿着荧光棒，激动地跟着阿粥的歌声嘶吼着合唱。陈桉桉本来就长得娇小，人山人海挡在前面，她跳着也什么都看不到。

肩膀上突然挨了一下，陈桉桉吓了一跳，扭过头一看，是夏霁。偶像面前无节操，她又把她跟他冷战的事情忘一边去了，一把抓住他的胳膊，头蹭上去，委屈巴巴地跟他撒娇：“你抱着我把我举高去看一眼阿粥吧，求求你了。”

陈桉桉平时的可爱可以打个九十九分，撒娇的时候……夏裁判能当场心脏悸动到阵亡。

他把手里的荧光棒塞给她，双手穿过她腋下将她抱起，一只手托住她大腿往上举着。陈桉桉顺势往上爬，稳稳地骑在他脖子上。前面人浪滚滚，聚光灯下她的偶像在闪闪发光，她激动得喊到声嘶力竭。

草莓乐队下台之后，陈桉桉仰头看了看天，此刻她这么高，月亮比往日看起来都要大。

她从夏霁身上下来，而他揉着酸疼的脖子，他就这么扛着她站了半个小时。

陈桉桉仔细地想想，夏霁像星星，而她就像那弯月亮，有时候看着离得远，但他一直都在围着她的轨道上，没有偏离过。

因为夏霁的无私付出，回去的时候，两个人手牵着手，沿着路慢悠悠地走。陈桉桉咬着百香果双响炮的吸管，知道他的心思后有恃无恐，含糊地问："你为什么总要怼我的身高，是不是嫌我矮，想找下家啊？"

"我怼过的人倒是不少，可从小到大坚持不懈地怼的就你一个。你除了身高可以怼，其他方面在我心里都是一百分。"

陈桉桉嚼开椰果，甜意在口腔里四溢。

"我喜欢这种一对一的模式，你不也乐在其中吗？"

陈桉桉被戳中心事，不说话又喝了一大口。夏霁眸色一深，弯腰手托在她大腿处将她举起来，唇跟着凑上去抢她的椰果吃，这样的姿势和高度适合亲吻。

路灯将纠缠的人影拖长，夏霁结束这个椰果味的吻，正经地道："其实你的身高在我心里是一百零一分。"

"不要脸！"陈桉桉红着脸从他身上跳下来，他的手很自然地按在她头顶，"以后我们的女儿八岁就能比你高。"

"不是六岁吗？"

"本来是六岁，但有你的基因拖后腿，拖到八岁了。"

陈桉桉："……"

二

陈可爱：真正的勇士敢于面对过去的暗恋

1.0

期末复习期间，一般陈桉桉都是拒绝和夏霁同框出现的。

中文系的考试范围历来是“整本书全都是重点”，复习强度很大，而只要有他在身边，她就没有办法好好地复习。

图书馆有些远，陈桉桉就在11号楼平时上小课的教室里看书。上个学期期末，夏霁跟着陈桉桉一起过来复习，并排同桌坐了才三天，陈桉桉就把他赶走了。

因为夏霁有很严重的强迫症和整理癖，他一坐在她旁边就先四下打量，再站起坐下，忙了一会儿后叫她上旁边座位坐一会儿，然后开始动手给她收拾起东西来。

果皮、废笔、碎纸片都被抠出来堆到一边，书本按照大小厚薄排列，整整齐齐地摞着往桌子上磕着，发出声响。

第一天，陈桉桉还深感欣慰：最起码以后我们家的家务不用担心了。

可第二天他还是这出，第三天又是这出，陈桉桉觉得烦。她是个一旦认真地做什么事情就会全情投入、不能分心的人，夏霁这样，她没法专注，就让他别再跟过来了。

当时夏霁幽幽地看她一眼，深意满满：“行吧，知道你是想‘小别胜新婚’，那我这几天省着点儿体力。”

陈桉桉：“……”

这次期末复习没有夏霁的尾随，一切都看起来很和谐。她刚翻了几页书，耳边就响起两道魔音般的摞书声，是坐在旁边的汪年发出来的。

汪年当然不会像夏霁那样折腾来折腾去，只是一听到熟悉的声音，陈桉桉突然就想起来一件事。

高二那年夏日的某一天晚自习，她从外面洗了脸回教室，一进门，任天一就喊她坐在旁边的位置上教她做题。班里一直有这个习惯，晚自习的时候可以自由换位置，陈桉桉从乱糟糟的书桌里翻出要写的练习册，拿着笔坐到任天一的旁边。

那个夜晚很闷热，窗户大开着，能听见蝉鸣声，还能听到什么东西轻轻地磕着书桌的声音。

可陈桉桉咬着笔解一道有关摩擦力的物理题，完全没心思管那到底是什么声音。

思绪回转，她翻出手机发了条微信。

【陈可爱：咱们读高二的时候，你同桌是谁来着？】

【任大二：你男人啊！这你都不关心，太冷漠了吧！】

当时她确实没怎么关心。

按照道理，她占了夏霁的座位，那夏霁当时进教室时自然而然就坐在了她的座位上……然后帮她收拾了桌子。

她事后看见干净整洁的桌子还以为是田螺姑娘干的呢，没想到是个田螺小哥。

陈桉桉弯眼笑了笑。

【陈可爱：你高中就帮我收拾桌子，你怎么会这么好心？】

【夏猪蹄子：毕竟以后你都归我了，桌子先归我习惯习惯也好。】

陈桉桉把他的备注改成勤劳美貌田螺小哥。

【对方正在输入中……】

【勤劳美貌田螺小哥：不过当时上手之后还是有点儿后悔，这以后得多累，可是自己看上的姑娘跪着也要伺候着，忍忍吧！】

陈桉桉愤愤地把他的备注又改回去了。

男人都是大猪蹄子！！

2.0

陈桉桉在某些方面先天性迟钝，夏霁斟酌了整整一分钟才发出的那一条消息她两天都没觉得哪里不对，继续认真地复习，和他玩异地恋。

一个在女寝3号楼，一个在男寝5号楼。

“夏霁！你小女朋友来了！”

解剖室门口有相熟的师兄喊了一声，夏霁将还没戴上的手套放回去。

医学院的楼下有一棵高高的樟树，陈桉桉就站在树下等他，脚尖无意识地踢着石子，他抚了抚心脏乱跳的胸口，脚步坚定地走了过去。

“不是要玩小别胜新婚的异地恋吗？这么中间见一见，到时候就不新鲜了。”

陈桉桉仰着头看他的眉眼，一张巴掌大的脸因纠结皱成一团……看起来比平时更小了。

“夏霁，你高中就喜欢我了？”虽然想想挺匪夷所思，但她把夏霁那句话拆开，像做最难的阅读理解题一样，一个字一个字地分析，再组合到一起，提炼中心思想，最后得出这个结论。

夏霁脸上没多少表情，只点点头。

“那你之前为什么不说？”

“你和任天一说过，高中不早恋。”

陈桉桉笑嘻嘻的：“这你都知道，你那时候是不是每天关注我的动向，记录我的日常，打听我的喜好，记在小本本上？”

“那倒没有。”

陈桉桉笑不出来了，夏霁捏着她的手按自己左胸口那个最炙热的地方，温柔又认真地说：“都记在这里了。”

我知道你最喜欢吃巧克力和芒果干，知道你每天六点起床，在操场上散步时会听一小段课文朗诵，知道某某班的某个男生给你写的情书被你随手塞进乱七八糟的桌肚里，然后我趁着换座位帮你收拾东西时一一销毁……

这些我都有好好地记住，也好好地准备着。那个高三，在复习课本之余，我也在一遍遍地复习着这些。

我做好所有准备，才放心把你留在我的身边。

楼下人很多，陈桉桉脸红红的，这个时候她应该感动得哭泣的，但她哭不出来，因为她还没能把那时候的夏霁和深沉暗恋她的田螺小哥联系上。可她也不能这么尴尬地杵着，就生硬地转了话题："你待会儿做什么？"

夏霁本来也没指望缺根筋的人能有什么反应，随口应道："这学期解剖学结课，楼上有只兔子还在等我。"

陈桉桉："……"

"本来是老鼠，但我不杀你的兄弟姐妹。"

属鼠的陈桉桉："……谢谢你全家。"

"咱们是一家的，别这么客气。"

这个话题还是不太友好，陈桉桉又转了一个："你为什么喜欢我啊？"

"太高了，平时走路都有点儿晃，想找个人中和下我的高个儿基因，看来看去，你最合适了。"

"……"当她没问。

陈桉桉被夏霁送回11号楼时还是气鼓鼓的，刚进教室的门就收到了一条消息。

【夏猪蹄子：因为你可爱。】

可爱到每一次见到你，我都会比见别人时慢一拍移开眼。

慢的拍子积累，视线就本能地在你身上停驻。

因为你可爱，所以我爱你。

因为我爱你，所以你可爱。

3.0

自从知道了夏霁很早就暗恋自己，陈桉桉在彻底消化并接受这个事实之后很是膨胀。

用汪年的话说，她现在整个就一河豚成精了。

事实已经是既定的，那很多蛛丝马迹现在就有迹可循了。

就比如，那个三番五次喊陈桉桉去教室做题的任天一，平时不学习，整天除了看小说就是萌男团，但那阶段恨不得天天晚自习拉她去学习，这个动机就很可疑了。

再比如，班里有饮水机，每周要换组去搬水，每次轮到她那组时，夏霁他们几个不上早自习，而是去操场跑步的体育生在上楼时就会“顺路”把水拎回来。

还有……

【任大二：别说全班，全年级估计都知道夏霁喜欢你，就你不知道。就算他不说，但凡长眼睛的都能看出来，就你没看出来。学委大大，你真是我见过的最可爱的榆木脑袋。】

【陈可爱：你到底是在骂我没长眼还是骂我笨？】

【任大二：都有吧！】

【陈可爱：……】

把手机扔到一边，陈桉桉卷起被子把自己裹成蝉蛹，努力地想着跟夏霁有交集的过去，像一个在悲苦宫斗剧里努力凑 CP 来嗑糖的追剧党，虽然糖少得可怜，但每想起一点就甜得嘻嘻笑着。

自己造的糖，吃起来就格外甜，甜到忍不住的时候就想拉个人分享，所以深更半夜，夏霁看到她的消息。

【我的陈可爱：你当时怎么忍得住不说呢？】

有很多次，他确实是忍不住，尤其是在不开眼的小子给她写情书的时候。

可他有什么办法呢？

反正他们迟早要在一起，他忍一忍、等一等也没关系。

全校中文系的期末考试科目最多，拖到考试周最后一天才结束。每学期期末，夏霁都会等她考完，然后夏家的车来接他们一起回家。

考完的那天，陈桉桉寝室按惯例去吃一次假期前的散伙饭，夏霁寝室只剩下郭铭昊一个在，本来就是同一个高中出来的，就跟着去凑热闹了。

热腾腾的火锅，一圈人围在一起，主要攻击对象当然还是陈桉桉和夏霁这一对。

汪年回想了一下，每次问陈桉桉的恋情八卦，她都是不知道三连。

夏霁什么时候喜欢你的？

——不知道。

夏霁怎么跟你表白的？

——没表白。

夏霁的吻技好吗？

——滚呀！！

汪年对夏霁那张冷冷的脸还是有点儿犯怵，以前就算一起吃饭时也不敢怎么发狠问，这次有郭铭昊在，那就不一样了。

那边无限膨胀的陈桉桉指挥夏霁给她涮毛肚、涮虾滑，夏霁修长的手拿着长筷子照着做。汪年眼珠子滴溜一转，凑到郭铭昊身边。火锅店人声嘈杂，没人听见他们的八卦对话。

“咱们夏老大对桉桉还真是体贴，哎，他们是怎么在一起的？”

郭铭昊喝了一口冰可乐：“其实吧，凭着夏霁那个长相，高中喜欢他的女生能组个加强连，但凡他笑一笑，正常的女生没几个不会有好感的，偏偏陈桉桉不太正常，她就感觉不到他的心意，所以他最后就想了个主意……”

郭铭昊把所谓的“一日情侣”计划告诉汪年，汪年听得嘴角直抽搐：“陈桉桉就信了这个邪，第二天还真的把夏老大扔一边了？一点儿不舍都没有？”

“夏霁早就料到了，所以才有掰断电话卡这一出。啧，校园爱情里，处处都是阴谋。”

汪年感叹：“夏老大不仅体贴，还智商超高，真是羡慕桉桉……”

那边令人羡慕的桉桉眼看着夏霁把涮好的东西码了一小碗，然后越过她放在了他自己的面前，愉快地吃了起来，气得脸都大了一圈。

汪年心道，就夏霁这个性格，换成她，早就分手八百回了，是脸好看都撑不下去的那种。可陈桉桉就算生气，也是幸福气，眼睛都弯着。

这俩人真是神仙恋爱，凡人羡慕不来。

出了火锅店，夏霁扯着陈桉桉去了对面街的一家店，要了一份鸡汤。

陈桉桉一晚上就从清汤锅里捞到两片菜叶子，拿起汤勺就着夏霁的唠叨吃了起来。

“你这个胃一吃辣的就要犯病，还偏要吃，你以为拉着你室友一起，我就没法管你了是吧？真是天真无邪。下回你要是再撺掇她们往火锅店走，你过后连鸡汤都没得喝……”

陈桉桉肠胃特别柔弱，一吃火锅就要难受好几天，可还控制不住偏要吃，两个人刚在一起不久，她就倒下过一次，夏霁为了照顾她在校外租了一个月房子，一个月之后，她胖了五斤。

为了不变成猪，她坚持回寝室去住了。

最重要的是，他们在一起住时，夏霁那个平时清清冷冷的人就变得和大尾巴狼一样，逮到她就没完没了地啃，她不光身上胖，嘴也跟着肿，搞得汪年每次上课看到她都响亮地吹起口哨。

所以他们还是分开住好。

夏霁在身体问题上一教训起她来就没完没了，她回忆了一会儿，他还在那儿叨叨叨，于是她舀起一勺汤凑过去，企图堵上他的嘴。

夏霁喝完汤咬住汤勺，眼神在她脸上放肆地游走，活像咬的是她的下唇。

陈桉桉脸热地松开手："差不多得了，像个老妈子一样。"

夏霁很自然地道："我哪是老妈子，我是你爸爸，你忘了？"

陈桉桉："……"

三

夏王子：我的小可爱，皇冠给你戴

1.0

暑假回家，做了十天被爸妈捧在手心的小公主之后，陈桉桉又回到了夏霁的恶势力之下。

一大早，陈桉桉脸上还带着睡痕就被陈妈妈拎着下了楼。陈妈妈亲手将陈桉桉交到了夏霁的手里，笑得一脸褶子：“小夏啊，桉桉就麻烦你了。”

夏霁十分乖巧地点头：“放心吧，阿姨。”

陈妈妈噔噔噔地往回走，身影刚消失，夏霁就俯下身堵住陈桉桉的唇，半晌直起腰，眯眼看她：“一股辣条味，还有烤肉味。”

陈桉桉一个激灵，被吓得彻底清醒：“这你都尝得出来？”

“我猜的。”夏霁摸着她的脑袋善良地笑，“之后我会跟阿姨说，训练期间不要吃辣的、油腻的，把你的零食没收。”

陈桉桉被他拖着走，仿佛看着辣条、烧烤和自己挥手告别，真情实感地流泪了。

夏霁的叔叔是前国家击剑队队员，退役之后开了一家击剑馆。夏霁七岁的时候陪奶奶在大院住了一年，那时候陈桉桉家也在大院里。知道陈桉桉从小身体就不太好，夏奶奶就让陈桉桉跟着夏霁一起去击剑馆，跟着夏霁叔叔一起训练。

夏霁从小手长腿长，在击剑项目上展现了天生的优势，而陈桉桉就是没有天赋，努力也看起来像划水，每次训练都被夏叔叔骂哭。

陈桉桉对夏霁的毒舌印象从那个时候就开始了。

她被训完哭着抱着剑，小小英俊少年·夏走过来："难怪你总动作慢，腿才只有我一半长。"

陈桉桉眼睛包着一汪泪，委委屈屈地酝酿着号啕大哭。

夏霁递给她一根棒棒糖，她瞬间就忘了哭。

荔枝味的，甜甜的。

后来夏奶奶过世，夏霁搬回家里，陈桉桉就没再跟他一起训练，等到高中同校同班，她才又想起那段屈辱的过去。

所以仔细论起来，她和夏霁也算得上是青梅竹马。

只不过青梅没长成，竹马就跑了。

他们在一起之后，夏霁以"陈桉桉总感冒发烧不间断，多半是懒的，锻炼锻炼就好了"为由向陈妈妈提出他带着陈桉桉把训练捡起来的建议，陈妈妈哪晓得他的狼子野心，笑眯眯地把自家小绵羊送到了大灰狼的口中。

夏霁下个月有个比赛，训练强度很大，就让陈桉桉自己练习，过会儿他回来检查。她换好击剑服，走到场馆里。很长时间不练，她的身体都有点儿僵，热身之后练基础的击剑动作，挥了几下就跑去隔壁偷窥夏霁了。

夏叔叔这家击剑馆的 1 号馆是为像陈桉桉这种随便玩玩的人准备的，在 2 号馆里练习的则都是水平接近正规击剑选手的。

陈桉桉溜到2号馆时，左边的剑手抓住对方右侧防守不及的弱点发起一连串的进攻，击中得分点。他掀开护面对着自己扇风，眉心拢着跟教练说话，时不时地点点头。他额上有细汗，发型也被压乱，但依旧帅得惨绝人寰。

陈桉桉拿出手机拍了一张，又迅速地溜了回去，欣赏了半小时击剑手男朋友的盛世美颜，小心脏怦怦怦地跳。

又过了一个多小时夏霁才回来，拿起护面给陈桉桉戴好，陈桉桉有点儿慌：“你别太用力，用 分力就行。”

“击剑场上无情侣。”

夏霁单纯防守，陈桉桉都击不中得分点，这么一直挥臂真的累人，挥了一会儿，她就扛不住了，摘了护面坐在地上，脸鼓成金鱼。

“总想着溜到别的场馆去看帅哥，什么时候才能进步？”“夏教练”十分严肃地坐在她旁边，戳着她的脸，“这位同学，你把偷拍男朋友的心思放一半在击剑上就前途无量了。”

偷看被抓包，陈桉桉羞得把脸埋在膝盖上。夏霁一边叨叨一边把她手机掏出来，按了几下又若无其事地放回去：“继续练，待会儿我再过来。”

陈桉桉又练了会儿，一边喝水一边玩手机，忽然消息提醒瞬间炸掉。

她点进去，看见二十分钟之前“自己”发了一条朋友圈：【人

间仙子，我家男票！】

配图就是刚才她自己偷拍的那一张。

【任大二：天哪！我还没见过这么彩虹屁，吹捧自己男人的。】

【郭铭昊：楼上 +1！】

【叫我轻飏大人：楼上 + 身份证号！】

……

【夏猪蹄子回复任大二：这你不就见到了？】

【郭铭昊回复夏猪蹄子：……】

【任大二回复夏猪蹄子：……】

陈桉桉气得想把手机扔出去，那个戏精！

不过她怎么羞耻地发现自己越来越喜欢那个戏精了？

2.0

陈桉桉这条朋友圈炸出的首先是高中班级群里的那一批潜水党。

大家的反应分为两类，一类感叹“任时光匆匆流去，我只在乎你”，另一类震惊于“兜兜转转，怎么还是那个你？”。

在满屏酸腐气息中，江梨的反应就显得格外突出——

【江呀江梨子：这么看来，我觉得我毕业之后应该去开个相亲交友网站，一定会成为业界领头的企业，有没有计算机系的，

一起搭伴发财呀？】

【任大二：总感觉江梨的那双眼看透了世间太多红尘事。】

【陈可爱：我给你个机会，你自己来认罪。】

【江呀江梨子：啧，到底是有夏老大撑腰的人，就是有底气。】

陈桉桉在感情方面天生缺根筋，如果不是江梨跳出来，她也想不到别的什么。江梨这么一闹，她突然就记起，在高中，明明是江梨跟夏霁捆绑在一起的次数更多。

一个是文体双优的全校男神，一个是肤白气质佳的美艳校花，江梨还是夏霁的头号脑残粉，每次夏霁有什么比赛，她都冲去看。

虽然陈桉桉两耳不闻窗外事，但当时关于这两人的风言风语她也没少听见，怎么反而最后是她和夏霁走到了一起呢？

不理解。

【江呀江梨子：其实我也没做什么，就是帮夏老大监督你收了几封情书，中午去食堂吃几口蔬菜什么的。】

【陈可爱：……怪不得你总拉着我一起吃午饭。】

好像就是那一回，她端着餐盘碰上了八百年不来一次食堂的夏霁，被他气了个够呛。

她刚找了个位置坐好，就觉得脑袋被人揉了揉，痒痒的。她一抬头，夏霁就收了手，搭在了她后面的椅背上，淡淡地道："没注意，放错地方了。"

他这么变着法地讽刺她的身高，气得她差点儿就把饭菜扣在他脸上了。

第二天，她被江梨拖着去了食堂，江梨殷勤地为她打饭打菜。可最后肉食动物陈桉桉看着两盘绿油油的菜，脸都皱在一起了。

“吃青菜，可以长个子的哦！”

陈桉桉也想把菜扣在她脸上。

那厢江梨貌似也想起了这桩事，一条语音发过来：“夏老大说你肠胃不太好，让我和你吃饭的时候多看着你点儿，唉，有男人如此，夫复何求啊！”

“你不是他的头号脑残粉吗？干吗还帮他追我？脑残粉不该在其他女人接近自己男神时就撕她个五官移位、四肢分家吗？”

江梨得意地道：“这你就不懂了，我是夏老大的理智事业粉。他说你过得好，他就安心了，也能好好训练，那我当然要把你当成我掌心里的小公主了。哎，公主殿下，臣最近吃了个芒果千层不错，等臣回家给你带两盒。”

这段时间，他们在高中所发生的事情被相关的人一块一块地拼凑起来，拼出一幅完整的画。

画中她穿着校服，日复一日地啃着笔杆看着书，不知道一身华衣的王子小心地撑着巨大的伞，夏日为她遮阳，雨天为她挡雨。

夏霁从 2 号馆再出来时浑身已经汗津津的了，陈桉桉还坐在方才他离开时的那个地方，背对着他抱着膝盖，远远看去只有小小的一只。

“又在偷懒回味你男朋友的盛世美颜吗？陈桉桉，你这样让我很有负罪感——”

她一扭头，眼睛红得像兔子，连鼻头都红红的。他一下紧张起来：“怎么了这是？谁说你了？还是累了？”

陈桉桉吸了吸鼻子，闷头撞上他胸膛，撞得他的心脏因她的泪一阵瑟缩。

“夏霁，我常听人说，暗恋而不得时间太长很容易变态的。”

夏霁揉揉怀里那颗毛茸茸的小脑袋，笑得温柔又得意：“谁说暗恋而不得？这不是得到了嘛！不过我倒好像真的有点儿病。”

“什么病？”

“王子病，需要公主亲亲才能好。”

3.0

夏霁这次参加全国冠军赛的地点在外省，本来陈桉桉已经想好应付陈妈妈的说辞跟他一起去了，但临出发前一天，她却英勇地倒下了。

陈桉桉每个月的生理期都是一场劫难，浑身酸疼伴随着习惯性的低烧，这次例假提前她也没想到，夏霁就只好自己出发了。

临走前，他买了红糖姜茶和巧克力送过来，还把江梨给她带的芒果千层顺走了。

“你现在最好不要吃这个，我会让阿姨帮忙看着，再买者，杀无赦。”他把手横在她的脖子上一划，眼看着她比平日更柔弱，像只无辜的小白兔一样缩着脖子，大灰狼属性忍不住爆发。趁着陈妈妈下楼买菜的空当，他将她压到身下一通热吻，吻到她出了一身的热汗，脸红红的，眼睛蒙了层水雾般亮晶晶。

他揉揉她的脸，一本正经地道：“出出汗，烧退得快。”

对于身体如此不争气，导致不能陪夏霁去比赛，陈桉桉非常地伤心难过。

因为比赛地在一个海滨城市，夏霁说比赛完带她去海边玩，还可以潜水去海底看海星。这一个月她去击剑馆训练，都靠着这个续命撑下来的，谁知道最后竹篮打水一场空。

真的是好气呀！

陈桉桉抱着暖宝宝在床上正伤心呢，夏霁发了条消息过来。

【夏猪蹄子：像不像你？】

配图是他在手机软件上画的草图，一只浑身粉嫩的小猪瘫在床上，脑袋上搭着条毛巾，一脸生无可恋地哼唧着。

【陈可爱：夏霁，我劝你善良！你这样很容易孤独终老的！】

过了会儿，夏霁又发了一张图，那张床上多了只体形更大的猪，叠着压住之前的那只猪，脑袋枕在它耳边。陈桉桉想起他走之前将自己压在床上的场景，这下不仅脑袋热，脸也热。

【夏猪蹄子：不要想多了，这是咱们女儿。】

【陈可爱：……为什么比我还大？】

【夏猪蹄子：八岁了，当然比你高。】

陈桉桉瞪着眼，很想钻进屏幕来一场爱的暴打。

【夏猪蹄子：逗你的，这是我。乖，好好养着，等我回去。】

陈桉桉点头，好一会儿才想起他看不见。

直到飞机起飞，夏霁也没等到她回复，估计她是睡着了。两小时后，飞机落地，手机开机的瞬间，一条语音消息进来，声音哑哑低低的，带着鼻音，像是在撒娇，也像是刚做了场梦："夏霁，我刚才睡醒的时候想起来，我想你了。"

没有什么原因，也不是看到什么生情，只是梦醒时你不在身边，我就特别想你。

夏霁的比赛一路顺利，花剑男子个人决赛的那天有网络直播，江梨提了一大袋零食跑去找陈桉桉一同为夏老大加油，但到了地方才知道陈桉桉出门了。

"她说去任天一家住两天。"

可任天一这个假期压根儿没回家啊……

江梨是个胸大有脑的貌美姑娘，甜甜地和陈妈妈说再见，抱着零食下了楼，一个电话打过去："陈桉桉，坦白从宽，抗拒从严，你去哪儿了？"

"我去找夏霁了，高铁快到了，你不要大嘴巴说出去，我想给他个惊喜。"

江梨有点儿担心：“但愿是惊喜，不要是惊吓。”

她的担心是没错的，陈桉桉到了H市，下了高铁就迷路了。

陈桉桉是个方向感很差的人，即使手里拿着百度地图，转来转去也找不到准确的地方，来回折腾了几次，居然还在原地。比赛马上开始了，现在打车过去也赶不上，她当机立断，找了家奶茶店，点了壶橙汁用手机看。

她一进直播间就看见粉丝刷的满屏幕爱心，不知道从哪天起，击剑比赛成了蹲守帅哥的迷妹根据地。

此时系统提示：【江呀江梨子送了一艘游艇！】

【江呀江梨子：五月到九月，有你才是夏季！夏老大放心飞！夏雨荷永相随！】

陈桉桉：“……你这样，尔康知道吗？”

镜头里，夏霁走过来看了一眼，眉目冷冷的，眼眸却黑亮，屏幕上又是一阵“啊啊啊”的刷屏，而陈桉桉像被电击了，半边身子一下子麻了。

原来“眼睛里有星星”这种人是真实存在的，还是她的男朋友。陈桉桉弯着眼笑着，太入迷，手一抖，手机掉橙汁壶里了。

夏霁赢了比赛，却丢了女朋友。

他拿着奖杯，连采访都没做就跑了。刚才江梨在他获胜的那一刻疯狂在直播间号叫，别的他没看见，那句“夏老大你太帅了，不枉费陈可爱千里寻夫，呜呜呜……”他一眼就看见了。

他给陈桉桉打电话，关机，发视频也不接。夏霁联系了江梨，知道陈桉桉今天来 H 市找他来了。

夏霁想也没想，打车直奔高铁站。这不是陈桉桉第一次迷路，却是她第一次自己主动来一个陌生的城市，只为了来找他。

这个念头让夏霁心中像填了块泥土一样，胀得万千情绪满溢。

刚下出租车，手机响了，是一个陌生的号码，夏霁接起，话筒里陈桉桉的声音带着哭腔，委屈巴巴的："夏霁，你家小可爱丢了。"

"你现在在哪儿？"

"高铁站南出站口往东走二百三十米的一家奶茶店。"

夏霁松了口气，大步朝东边走，奶茶店的落地玻璃窗上正贴着一个五官移位的陈可爱，正眼巴巴地等着他。

"你居然能分清楚这是东边？"

陈桉桉："我查地图查到的。"

夏霁："……"行吧，不意外。

夏霁收了手机进门，陈桉桉捂着脸，这时候才知道不好意思。心中的泥土因她变烫，他人生最炙热的时刻，大概就是在这个夏日的午后。

艳阳的暖意，不及她带来的万分之一。

他扯下她的手，将奖杯放在桌上，脸上少见地有些不自在。

丢人这种事难道是连坐制的？

陈桉桉不明所以地注视他，而他清了清嗓子，低低地唱着她曾经使出撒手锏磨他或威逼利诱他，他也不肯唱的羞耻神曲。

“我的小可爱，皇冠给你戴。”

四

陈公主：厨房这种地方，不适合我这样的仙女

1.0

陈桉桉让任天一把谎说得像一点，好让她在 H 市多玩几天。

对此夏霁有些不乐意："我就这么见不了光？怎么好像是你在外面养的野男人一样？"

"我妈一直当我们是纯洁的同学关系，冷不丁和她说，她会转不过心态的。你也知道我家里我妈说了算，要是她带头反对，我们以后真的要见不了光了。"

夏霁冷哼一声就往自己房间里走，陈桉桉一把拽住他衣袖："你干吗去呀？"

"被养的野男人要有保存体力的自觉，睡觉去。"

直到"砰"的关门声响起，陈桉桉才反应过来他这话的意思。这男人真是，给他个戏台子能立马开一场演唱会。

本来夏霁得冠军，他挂名的俱乐部要给他办庆功宴，但他顾着陈桉桉就和教练说回 A 市再说，在海边租了栋民宿风的小别墅。

陈桉桉一心一意地想着去潜水、看海星，可到了别墅，夏霁埋头就睡，她只能躺在院子里吹海风、晒太阳。

她后知后觉地发现，夏霁大概是在和她闹脾气。

虽然在外人看来，夏霁清清冷冷的，不好接触，但自从他们在一起之后，他虽然毒舌，但处处照顾包容她，像这样闹脾气还是第一次。

陈桉桉对着镜子演练表情，蹑手蹑脚地溜进夏霁的房间。

窗户开着，海风有些大，时不时地吹起厚重的窗帘，漏下几丝阳光。夏霁半睡半醒间翻了个身，手搭上一个毛茸茸的东西，他眼睛没睁开，手顺着毛搓了搓，随后一把推开，又翻了个身，留了个脊背骨给她。

陈桉桉很震惊，揉她的头都消除不了他的火气了吗？

她顶着一颗爹毛的脑袋跟着蹭上床，半趴在他身上，手指一下一下地在他下巴上戳啊戳："夏老大，我给你讲个故事吧！"

夏霁闭着眼装睡，一声不吭。

"从前有一个将军，他跟他的女朋友，不对，跟他的娘子生气，然后，他就战死了。这个故事告诉我们，男人是不能跟自己女朋友生气的。"

夏霁肩膀一抖，将她甩到一边，裹着被子往里面挪了挪，沙哑着声音道："将军的夫人是正经过门的妻子，是光明正大的，是被世人接受的，即使将军战死，他娘子也能顶着他的姓氏继续活着。我算什么？呵！野男人罢了。"

陈桉桉盘腿坐着，换了个思路："要不我委屈委屈，做野女人？"

夏霁冷冷一哼，不置可否。陈桉桉盯着他的后脑勺，一个饿虎扑食压到他身上，嘟着嘴胡乱地往他脸上亲。在恋爱里，她一贯是被动的，偶尔的一次主动就能让夏霁激动得不行。

陈桉桉不是饿虎，而是送到狼嘴里的小白兔。

夏·大灰狼·霁的手扣住她肩膀，一条长腿勾住她的膝盖窝，一个翻身，两人就调换了位置。

陈桉桉心头一喜，忍着羞涩仰头去够他的唇，碰上的却是他宽厚的掌心。

夏霁睁着一双毫无困意的眼，从她身上下去："你要是喜欢这间房就睡这里，我睡另一间。"

陈桉桉颓丧地摸了摸脸："我们在一起才不到一年，我在夏霁眼睛里就已经不新鲜了吗？"

走进另一间房的夏霁靠在门板上，深深深深地呼吸好几次才平复身体里涌动的热血。

刚才就差那么一点点，他就真的要成狼了。

但他这一次一定要坚持！

努力争名分的男人最美！

2.0

陈桉桉是个不懂就问的好学生，拉了一个讨论组，先扔了一个红包再提问，态度非常真诚。

【陈可爱：如何哄好闹脾气的男朋友？】

【汪汪汪：母胎单身狗，无法回答你的问题，汪汪。】

【江呀江梨子：夏老大吗？夏老大怎么会闹脾气？肯定是你想多了。】

【陈可爱：……真的在闹，已经拒绝和我同框出现了。】

【任大二：男人闹脾气，有的时候就是想让你哄他，为他做点儿什么，不然他总觉得自己的付出得不到回报，心里不平衡。我男朋友就是这样，每次闹一闹，我就给他做顿饭吃，吃完他就好了。】

【江呀江梨子：大二啊，你那是哄男朋友还是养猪呢？】

【任大二：都有吧！】

……

做饭，听起来倒是不错，可以试一下。

别墅的厨房里食材齐全，而且都事先处理好了，陈桉桉在网上下了菜单，决定熬一锅海鲜粥，拌一个海蜇菜心，煎两片鸡排。

她上一次做饭是在小学三年级，给陈爸爸打下手，陈爸爸说她在做饭上很有天赋，随他。

话音刚落下，陈桉桉切土豆的刀一偏，划到了手，之后陈爸爸就再也不让她进厨房了。

反正她有天赋，菜单上又有详细的步骤，照着做就完了。

陈桉桉放下心来，双手合十放在下巴下，祈祷了一番，随后将米倒了出来。

下定决心的夏霁倒是真的睡了一会儿，不过大概半小时后就醒了。有点口渴，他便去厨房找水喝，一进去就有些蒙，怀疑自己没睡醒。

刚才干净整洁的厨房此刻像被人拿炸弹炸过一样，洗手台上一堆耷拉着的菜叶子，电饭煲下面全是淌出来的汤水，煎锅里躺着两个疑似炭块的黑色不明物体。

陈桉桉从另一口锅里捞出两枚鸡蛋，兴冲冲地往碗边上一磕，不料里面的蛋液淌了她一手。

“这怎么没熟啊……”陈桉桉手忙脚乱地拿抹布去擦，结果蛋液蹭到身上纯白的T恤上，她手里拿着抹布还要去擦衣服，抹布却被半道伸出来的手抢过去扔到一边。

“去换件衣服。”

陈桉桉看着他，又看着一片狼藉的厨房，依依不舍。

“你还嫌毁得不够彻底吗？”

陈桉桉没话说了，低着头走了出去，好半天才换好衣服出来。此时厨房已经被收拾干净，夏霁身上穿着围裙，立在菜板前将焯好浸了凉水的海蜇皮捞出来，快刀切成丝。

夏霁在厨房里游刃有余，和方才陈桉桉炸厨房的架势一比，真是一个天上，一个地下。

他的气貌似还没全消，也不和她多说话。陈桉桉出去将脏了的T恤洗干净晾好，坐在客厅的沙发上发呆。

夏霁做的菜很快上桌，色香味俱全，看一眼就让人食指大动，陈桉桉却只小口小口地吃着。夏霁终于控制不住去看她，发现她眼角红红的，显然是刚哭过。

“是刚才等吃饭饿哭了？”

陈桉桉咽下一口酸甜可口的海蜇皮，嘴唇抿紧：“我其实是为了让你高兴才想做饭给你吃的，但是我又搞砸了。好像我一直都是这么一个人，从小到大，除了学习之外的任何事都不擅长。这次我来H市本来是想给你个惊喜的，可我下了高铁就迷路，还害得你刚比完赛，连气都没喘匀就要跑来找我……”

夏霁放下筷子，没想到这次争名分还没什么结果就惹她伤心，不免有些后悔。

“你什么都会，学习好、体育好、方向感好，会做饭，还写得一手好看的字……跟你比起来，我真的一无是处。现在你说什么我在你眼里是一百分，但我觉得你可能是瞎了，等哪一天你不瞎了就会看我哪里都不顺眼。所以我要是现在告诉我妈我们的关系，她那么喜欢你，到时候肯定受不了到手的女婿飞走了的打击的。”

“你就是以未来一定会分手的心态和我在一起的吗？”夏霁恨得直磨牙，想伸手掐她又怕这个时候控制不住手劲儿掐疼她，最后只“啪”地拍了下桌子，恶狠狠地道：“我就愿意一辈子瞎，你能把我怎么样？！陈桉桉你敢把我眼瞎病治好试试看！！”

3.0

夏霁的脾气来得莫名其妙，走得也莫名其妙，陈桉桉只记得她胡搅蛮缠地哭了一通，他就彻底投降了，亲着她、抱着她哄她，就差把她供起来了。

第二天，夏霁带她到附近转了转，下午就去买了潜水的工具。

陈桉桉咬着吸管喝芒果汁，看着夏霁前前后后地忙活着，就想起她和夏霁那莫名其妙的“一日男女朋友”。之前她觉得夏霁可能是太闲了，现在想想，那不是闲，那是罪恶的开端。

换好潜水服，夏霁牵着她一路叨叨叨地嘱咐：“你第一次下水，可能不适应，要是哪里不舒服就浮上来，调整一下呼吸再下。”他边说边用高大的身体将她整个挡在角落里，手出其不意地将她身上潜水服的拉链拉下来。

“你干什么呀？”

“太热了，透透风，临下水前再拉上。这里面还有泳衣呢，你紧张什么？”他将自己身上的拉链也拉下来，他里面可什么也没穿，蜜色的胸膛就在她脸边上。

陈桉桉眨了眨眼，拿手指头戳了一下。

“我就试试看油不油。”

“……”夏霁按住她的手，带着它往里面伸，一本正经地道，“戳是感觉不到什么的，你摸摸看，看油不油。”

陈桉桉：“……”

深水里的世界是靛蓝色的，五彩斑斓的鱼群在头顶飞过，深绿色的水草随着水浪摇摆。

海星扒在石头上，陈桉桉一只手抓着夏霁，另一只手费了好大劲儿才将它拽下来。这是颗鲜活的星星，落在海底的星星。

她正看得出神，夏霁绕到她身后将她抱住，她手一松，海星飞走，对面抓拍的摄影师按下快门。

她放飞了一颗星，而他拥住了属于他的那颗星。

折腾了一整天，回到别墅，陈桉桉筋疲力尽，累到话都不想说，找个水缸把海星放进去就直接去洗澡了。

她出来的时候，夏霁房间的门关上了，估计是睡了。

陈桉桉想起上岸之后海浪卷过来，一群跳鱼跟着飞来，他又扛着她看了许久，八成是累脱水了。

吹好头发躺在床上，睡前习惯性刷朋友圈，她就看见夏霁发了一条——【夏猪蹄子：有我在你身后。】

配图就是那一张他在她身后拥紧她，陪她放飞那颗海星。

是啊，她迷糊，她路痴，她做饭炸厨房，可只要她身后有夏霁，这又有什么关系？

门开了一条缝儿，夏霁翻了个身，手触上毛茸茸的东西。他的手状似无意识地向下，落在她脖子上往里一勾，她不得不站起，最后脑袋贴在他颈窝处，身子也只能跟着上床，紧贴着他躺下。

“夏霁——”

“嗯？”

“我还是不想跟我妈说……”

他小心地抬起她的脑袋，将胳膊放在她的头下面让她枕着，侧过身搂住她，鼻息落在她的头顶，随后应了一声：“嗯。”

“这么好说话？你不会是敷衍我，日后逮着机会继续闹吧？”

夏霁摇了摇头，鼻尖来回蹭着她的发顶：“我想了想，你对我们的关系没什么安全感肯定是因为我做得不够好。我有信心等到你没顾虑的那一天，所以，我不急。”

陈桉桉环住他精瘦的腰身，脸埋在他怀里，闷闷地道：“夏霁，你真好。”

他轻轻地亲了亲她的额角：“睡吧！”

他是好，不然也没那个荣幸能得她的喜欢。

反正他不会说，不代表以后别的人不会大嘴巴说出去。

所以我的陈可爱，我们来日方长。

五

夏老大：我的魅力通杀男女老幼……还有雌雄双狗

lovely girl

1.0

比赛已经结束，陈桉桉不用再去击剑馆陪他。夏霁本来能以各种借口去找她出来，但最近她的心思明显从他身上飘到了别处……飘到了一条狗的身上。

事情是这样的，本来任天一这次假期没回家，但她家奶奶突发奇想，组织了一次家庭旅游，任爸爸孝顺，亲自逮了她回来。任天一在群里吐槽不想和全家出去，每年过年回去受罪还不够，还要年中加一次，她一定会成为全家攻击的活靶子。

【任大二：我本来出去做家教就是想避开他们的念叨，没想到……唉，苍天饶过谁！】

任天一家里养了只特别漂亮的萨摩耶，叫妹妹。陈桉桉从小就喜欢狗，但奈何陈妈妈明确说过："这个家里，你和狗只能留一样！"她想养也养不成，这次就和任天一商量，把妹妹寄存在她家。任天一的狗，陈妈妈就算不想养也不能扔出去。

果然，任天一牵着妹妹、提着妹妹的各种用具上门，陈妈妈只是短暂的表情崩掉，之后就又笑眯眯的，等她走后才指着陈桉桉骂了一小时。

但有狗的陈桉桉是听不到任何骂声的，自此夏霁约她出去，十次有八次她都拒绝，白天说妹妹胆子小，离开她就乱叫，会扰民被邻居投诉的。

傍晚她说要牵着妹妹出去遛弯儿，锻炼身体，不然病了，任天一回来是要奓毛的。

“那我呢？你有多久没陪我了？”晚上视频通话时，夏霁刻意委屈地说，想唤起她一点儿良知，哪知她心里刚有点儿动摇，下一刻妹妹跳上她的床，依偎进她怀里撒娇，她果断按断通话。

【我的陈可爱：早睡早起身体好哦！晚安！】

夏霁愤恨地盯着屏幕，心道：真是人不如狗！

陈桉桉家小区附近有个小花园，每天吃完晚饭，她就牵着妹妹到这儿来遛弯。

妹妹“背井离家”，倒被陈桉桉养得胖了两斤，毛发如雪团一样，谁看到都忍不住摸摸它的头。没两天，妹妹就彻底适应了环境。到了无人的草坪边上，陈桉桉放开绳子，妹妹撒欢地跑，再扎进旁边的灌木林子里。

这次不到平时一半的时间，妹妹就慌不择路地从林子里钻出来，撒丫子往她身边跑，边跑还边“呜呜呜”地叫着，看见她后先委屈巴巴地拿脑袋蹭了蹭她小腿，然后前肢立起来往她身上搭，向她求抱抱。

“怎么了妹妹？”陈桉桉搂住狗，轻轻地揉它的脑袋安抚它，随后听见它“嗷呜”一声，从林子里走出来一人一狗。

一只英武帅气的大德牧，一个英俊帅气的男朋友。

陈桉桉有点儿想跟妹妹一样号两嗓子，不过妹妹是被吓的，她是被领狗的男朋友萌的。

“这狗是谁的呀？”

陈桉桉想把妹妹扯下来，但实在扯不动，拖着胖狗往前艰难地走了两步，就听见一声低喝：“妹妹，下来！”

妹妹呜咽了一声，倒真的听夏霁的话，慢腾腾地从陈桉桉身上下来了。

“你怎么到这儿来了？是不是专程来堵我的？”陈桉桉不怀好意地看着夏霁，后者吹了声口哨，大德牧一下蹿出去，在妹妹准备起跳前一爪子按住它的头。

夏霁压了压头顶的黑色棒球帽：“我只是来遛哥哥的，不要自作多情。”

“哥……哥哥？”

夏霁从善如流地应一声：“乖，小妹妹。”

陈桉桉：“……”

2.0

哥哥是夏霁叔叔家养的狗，被他暂时借来养几天，还改了个艺名。这狗听话极了，才受训了几天就接受了自己新的身份，在灌木林埋伏时逮到妹妹就伸出恶魔之爪。

对此夏霁很是满意，不愧是他的狗，该出手时就出手。

自此陈桉桉每天遛妹妹的时候都能“偶遇”到跨越两个区赶过来遛狗的夏霁，哥哥长得高大，一双眼睛如鹰眸一样发亮，每次盯着妹妹的时候就会更亮一些，吓得妹妹走着走着就腿软，赖在地上不肯动。

哥哥也不走，欢快地摇着尾巴在妹妹身边跑来跑去，然后蹲在一边，前爪还有一下没一下地蹬着妹妹的肚子。

陈桉桉看到这场景，觉得无比眼熟，这简直就是狗版的她和夏霁嘛！

她顿时心生同情，走过去拍开哥哥的爪子。

“汪！”哥哥一嗓子吓得她不敢动，夏霁坐在长椅上喊了声：“哥哥过来。”

哥哥“噌”地一下跑回去，乖乖地蹲在他脚边。陈桉桉用手顺了顺妹妹发抖的脊背，夏霁又喊：“妹妹也过来。”

妹妹弱弱地喊了一声，还是摇着尾巴过去了，和哥哥并排蹲着。

陈桉桉精心养了这么多天的狗，居然这么快就叛变了，让她不甘又好奇。

“它为什么这么听你的话呀？”

“你亲我一下，我就告诉你。”

陈桉桉左右看看，确定附近没有疑似陈妈妈的人员，俯身在他脸上亲了一下。

夏霁拍了拍旁边，陈桉桉从善如流地坐过去，好奇地盯着他：“所以是为什么呀？”

她偶尔说话，尾音会习惯性上挑，像拿着根羽毛轻柔地搔着他的心，让他又痒又热。

夏霁心念一转，帽檐扣得更低，压在唇线上边，长指点了点心仪的“亲一下”部位。

两个狗头齐齐地往一个方向歪着，纯洁的两双眼盯着她看。陈桉桉双手捧着他的脸，将小几号的脸贴上去，软软的唇印在他的唇瓣上。

夏霁的手扶在她腰上，将她往自己这边压，她只能侧坐在他膝头，像小孩子一样被他揽住。

一吻终了，这夏日的热风变得更加浓稠。

陈桉桉怕陈妈妈来跳广场舞逮到他们，和夏霁隔着个安全距离坐着。

哥哥已经四仰八叉地躺在妹妹身边，大尾巴一甩一甩地打在妹妹身上。妹妹满脸的不甘不愿，但还是蜷缩着躺下，和哥哥依偎在一起。

“妹妹是从我家里拿走的。之前我家养了只萨摩耶，生了几只狗崽儿，任天一想要，我就送了她一只。妹妹还在我家的时候，二叔常带着哥哥过来，它俩小时候一起被我训过。不过后来我家的那只萨摩耶病死，之后我家就再没养过狗了。”

算算那差不多是高中的事情，任天一是夏霁的同桌，也难怪能要到夏霁家的狗崽儿。

陈桉桉盯着妹妹一会儿，嘴巴就嘟了起来。

“当然，我送她狗崽儿是有条件的，就是让她问问你要不要，我给你留了一只最好看的，眼睛黑黑的，脸肉肉的，长得可像你——”

陈桉桉没注意到他攻击她的言论，迅速抓住重点：“那次是你让她问的？”

夏霁点头。

然后她得到的回答就是陈妈妈的金句：“这个家里，你和狗只能留一样！”

陈桉桉嘟起的嘴立马弯起来。

原来从那个时候开始，他就什么都想着她了呢！

过去的年月里，有人无时无刻不在惦记着自己的感觉可真好。

遇见你，可真好。

3.0

暑假还剩两周的时候，任天一全家度假回来，陈桉桉想多陪妹妹一会儿，夏霁就牵着她，她牵着狗，眼泪汪汪地往任天一家的小区走。

“你要是实在喜欢妹妹就留下。”

“我不在，我妈会杀狗的。再说，君子不夺人所好，我不能，我不能抢人家的……”她一张可爱过分的脸，带着哭腔说这么一句豪气的台词特别有喜感，夏霁没忍住漏了一丝笑，她可生气了：

“你在笑什么？我这么难过你还笑。”

“你太可爱了，想想这么可爱的姑娘是我女朋友，我喜不自胜就笑出声了。”

陈桉桉：“……”

任天一走了半个月，黑了两个度，瘦了一大圈，整个人看着还恹恹的。这一趟旅行促进了一个家庭的和谐，却摧毁了一个花季少女的灵魂。

陈桉桉将妹妹抱在怀里又亲又摸，走的时候一步三回头，最后是夏霁嫌她走得太慢，将她一把扛起塞进电梯里的。

“吃芒果干吗？”

“要不吃巧克力？夏天和我说有一家新开的巧克力店不错，就在霁虹街。”

“我每次不高兴的时候，我女朋友亲亲就好。这样吧，你让你男朋友亲亲，估计你就好了。”

夏霁趁着电梯门打开前，干脆利落地将她堵在角落，飞快地亲了一下。

陈桉桉脸蛋红通通地从他胳膊下钻出去。

工作日，外面来来往往都是人，并没有谁因为这一场小别离而停下脚步。

除了夏霁。

“要不，我跟任天一把狗要回来？本来妹妹就是我的狗。”

男友力max的夏霁过于不要脸，陈桉桉心一热，忙扯住他，仰着头："我要芒果干。"

"好。"

"我也要巧克力。"

"好。"

"我要吃火锅。"

"陈桉桉你不要得寸进尺——"

"呜呜呜……"

"好，火锅就火锅。"

八月二十三号是陈桉桉的生日，她是踩着狮子座的尾巴来到这个世界的。

夏霁总嘲笑她是个假狮子座，一点儿也不严肃霸气，看着就软，实际上更软。

哦，还有一句——"最软的还是嘴。"

陈桉桉对这一天的期待除了可以收各路红包之外，就是夏霁准备的礼物。

去年的今天，他们的关系处于一种她不知道，但他知道他们还在一起的诡异状态。陈桉桉压根儿没把夏霁当男朋友，也就不存在礼物的问题，所以今天算是他们在一起之后她过的第一个生日。

一大早，陈桉桉接到了夏霁的消息，匆忙爬起来就下了楼。

夏霁在一楼等着她，脚边放着一个大盒子，上面系着蝴蝶结。

陈桉桉看着那个盒子的大小，再想想去年圣诞节的增高鞋就有点儿慌。那里面要是一打增高鞋垫，她该咋办？手刃亲男友？

她拆开蝴蝶结的手都是抖的，盖子一拿开，她“哇——”地叫出声，一下跳起，挂到夏霁身上：“夏老大，你也太感人了吧！”

盒子里是两只小小的茶杯犬，挤在一起像两团小棉花。

陈桉桉彻底失控，激动地对着夏霁喊：“它蹭我手心了，它怎么这么可爱！”

“挑一只。”

陈桉桉护食一样抱住盒子：“你什么意思？”

“本来就是你和我一人一只的，你挑一只，剩下的那只我一会儿带走。”

“不要！”

夏霁挑着眉看她，她哭丧着脸挣扎半天，才挑了耳朵上有一块黑斑的那只。

“虽然可爱，不过茶杯犬的耳朵上怎么会有黑色的毛？”

“我染上去的，就知道你会选特别一点的。这是只母狗，我不能让任何雄性接近你。”

大好的日子，陈桉桉不想和他计较。夏霁捏了捏她的脸颊：“名字我都想好了，一只叫除夕，一只叫初一。”

陈桉桉的第一反应是这两个名字过于一般。

不过配上夏霁的解释，这两个名字就过于美好了。

“从一年的第一天到最后一天，我都在你身边。”

六

陈跟班：我们会带着祝福，马不停蹄地滚走

1.0

大二伊始，除了一个假期不见的同学们聚一聚，维持下塑料同学情外，整个 A 大都在为迎接新生做准备。

在准备之余，打着太阳伞、拿着冰西瓜汁在操场外围观学弟学妹们，也是大二学长学姐们的一大快乐源泉。

陈桉桉却是有点儿愁，愁得没时间快乐。

而这从回学校前一天就开始了。

A 大的中文系一直有个不成文的传统，院系学生会换届之后，各部部长是公平竞争上岗的，但每年的主席早就内定好了，是年级成绩第一名。

这次换届，陈桉桉这个即使有英语一门拖后腿，但两学期的总成绩还是一骑绝尘的人，自然而然地 C 位出道了。

她上位第一件事，就是统筹负责院系的迎新晚会节目。

文艺部部长是个长相古典、行事豪放的东北妹子，一早知道陈桉桉要做老大，立马制定了一揽子计划，在开学前一天联系上了她。

【文艺部部长：我筹划了一个古风短剧，既能展示古典汉服，又能寓教于乐。服装不用担心，我家就是开汉服店的，现在就是缺几个穿汉服的小哥哥镇场子。呵呵，那个，陈主席，你家男朋友有空吗？】

【陈可爱：……这不太好吧？他毕竟是别的学院的。】

【文艺部部长：我打听过了，医学系那个风骚怪学生会主席看现在小姐姐选秀火，拉了一群白衣小姐姐要在晚会上走秀，用不上夏霁他们的。】

【陈可爱：可是……】

【文艺部部长：要是陈主席觉得不好意思开口，你把他们叫出来，我来说，反正我不要脸的。】

陈桉桉："……"东北妹子真的是很拼。

文艺部部长都这么说了，她也不好意思再拒绝。医学系大二的课又难又多，夏霁回学校之后就开始忙，眼看着新生军训要结束了，她才试探着开了口。

夏霁倒是答应得很痛快，还说服同寝室另外三人一同加入，不过他有个条件："我好不容易找借口从辅导员那儿讨来点儿时间，所以彩排的时候你都要陪我。"

陈桉桉为他争分夺秒和自己在一块而大大地感动了一把，不过很快她就发现他另有目的。

第一次彩排的时候在A大的小礼堂，在后台换服装的时候，主角夏霁与另外三个扮演炮灰的室友隔开。

夏霁低头系着汉服的带子，系了几次都系不好，他双臂舒展，对着陈桉桉眉头一挑："皇后，给朕更衣。"

陈桉桉："……"

路过的文艺部部长："……"

陈桉桉搬了个小马扎，站在上面给夏霁系带子、整理衣服，夏霁的手自然扶着她的腰稳着她。文艺部部长被虐得想汪汪叫，拿出手机偷拍了一张，却被夏霁发现，他招呼她："待会儿发给我，刚好有用。"

十分钟后，男寝C601寝室私群"吃枣药丸门诊部"里消息闪动。

【精神科—专治不服夏大夫：这衣服真的很难穿。】

【妇产科—保大保小郭大夫：谁说不是呢？哎，那个领子往哪儿翻啊？】

【精神科—专治不服夏大夫：[图片]幸好有陈桉桉帮我穿。】

【生殖科—送子观音隋大夫：……】

【妇产科—保大保小郭大夫：……】

【精神科—专治不服夏大夫：她个子不够高也要站在凳子上帮我穿。】

【泌尿科—条条路通郑大夫：我举报，没有人有意见吧？】

【妇产科—保大保小郭大夫：没有。举报完，让夏霁带着我们的祝福滚吧！】

2.0

文艺部部长策划的短剧走的是宫廷斗争和轻喜剧路子，外加实时人形弹幕吐槽，是现在最流行的混搭风。

剧情大概是夏霁扮演的侍卫与深宫中的宫女一见钟情，决定逃离皇宫，长相厮守的故事。台上演的，就是那个逃亡过程。

台边坐着的两人针对这个过程疯狂吐槽，幕布上的字幕实时跟进。

“哇，大半夜的，侍卫居然这么容易就能进宫。”

“在宫道上这么急速奔跑，是怕人看不出来他们要干坏事吗？”

“我的天哪，铲子！夏侍卫拿出了铲子，在宫墙根儿挖地道。那么问题来了，挖掘机技术哪家强？”

“……”

这些字幕明着吐槽，实则指出现在不太严谨的古装剧的错漏，而她们找的人形吐槽机是每天晚上听郭德纲相声入眠的相声社小哥哥，又有梗又好笑，彩排效果非常好，非要说什么不好的话——

人形吐槽机乙：“咱们夏侍卫对宫女没多少爱意啊！这是逃离皇宫，恩恩爱爱的剧本吗？这明显就是要拐她出去通宵排队，代买 AJ 鞋的节奏。”

人形吐槽机甲：“夏侍卫看墙边那棵树时眼里一汪水一样，这难道是个人与树妖恋爱的故事？”

临时被抓来演树的陈桉桉：“……”

“咔！”文艺部部长萌这对很久，堪称 CP 粉头，这回拉夏霁过来也算是自己给自己产粮，此刻又萌又崩溃，“歪？妖妖灵吗？我实名制举报这里有人公费谈恋爱。”

一室起哄声，郭铭昊甚至吹起了口哨，文艺部部长叉腰："咱们撑过这一段，我单独给你们写个番外怎么样？"

陈桉桉已经被闹得满脸通红，哪里还在意什么番外不番外的，夏霁倒是上了心，愉快地点了点头。

很快，陈桉桉拿到了临时赶出来的所谓的番外剧本。

夏侍卫与宫女没逃得了，半路被抓。原来夏侍卫是流亡在外的皇室遗孤，不仅没被罚，反而被封了王爷。夏王爷扬眉吐气，做的第一件事就是把墙根那棵树挖回家，因为在他危难之际，他意识到自己并不爱宫女，只是放荡不羁爱自由。

而树妖小名就叫自由。

跨越种族的爱恋最后感动上苍，然后一人一妖幸福地生活在了一起。

陈桉桉看了这个剧本后，整个人都不是很好。

而真正演起来时，没有最羞耻，只有更羞耻。

夏王爷一身华服锦衣，头戴玉冠，眉目俊朗，一个腿咚将她咚在墙边："你现在就算回去也只能做一棵树，但是你跟着我，就能做一棵有本美男爱的树。"

"哈哈哈哈，这什么沙雕台词！"台下有人已经乐疯了，戳了戳文艺部部长，"你不会把这个加到正式表演里吧？"

文艺部部长按下单反确认键，摩拳擦掌："当然不会，不过我录下来了，嘿嘿。嗑现实 CP 真是幸福，按头求你们结婚！"

那厢夏王爷已经无法自拔，做自己的野鸡，给自己加戏，头压低，鼻尖近乎贴上陈大树的额角。

“所以，你跟不跟我走？”

无数双眼睛盯着，陈桉桉知道不答应不能善终，点头再点头。

夏霁眯眯眼，侧身挡住台下人的视线，轻轻地亲了亲她的额角。

3.0

陈桉桉面皮比较薄，自从夏霁在“众目睽睽”之下亲了她，她觉得她走到哪儿都有人不怀好意地打量着她，剩下的几次排练坚决不肯再去。

夏霁有种搬起石头砸碎自己脚背骨的感觉。

“你就不能管好你的嘴吗？”陈桉桉捂着脸从寝室楼下来，在小花坛边哼哼唧唧地捶着他。

“我那么做是有原因的。”夏霁任她捶，捶完还帮她的小拳头按摩，“你们学生会那个外联部的部长对你心怀不轨。江湖中人，讲究的就是先下手为强，我刚好趁机宣示一下主权。”

“外联部部长？”陈桉桉对与自己不太有关联的人的印象都很模糊，想了半天也就想起那应该是个男的。

夏霁微笑：“希望你理解我的一颗维护主权的心。”

“我和他也没什么接触啊。”

“我当初不是也和你没怎么接触就喜欢你了？”夏霁揉揉她

的头发，顺带揉乱了她的一颗心。

这么会说情话的男朋友，她当然是选择原谅他。

大一新生军训结束，万众期待的迎新晚会在礼堂举行。

中文系的节目在倒数第二个，和压轴的医学系节目挨着，后台医学系的学生会主席看见夏霁他们几个，非常怒其不争："你们怎么能跟着中文系一起表演呢？"

夏霁轻飘飘地扔了一句："我是中文系学生会主席直系家属。"

"那他们几个呢？"

"直系家属的直系兄弟，以后要做伴郎的。"夏霁拍了拍胖胖的学生会主席的肩膀，"到时候发喜帖，一定来啊！"

"一定一定……哎，不对，问题还没交代完呢……"

夏霁被称为A大的"不完美男神"，处处都完美，但因为已经有女朋友，所有的完美都是别人的了，所以就是不完美。新生里有不少热爱蹲直播间看小哥哥的人，一听说今天有活的夏霁上场，顿时激动不已。陈桉桉从后台出来，居然看见人群里有好多女生手里举着写着夏霁名字的灯牌。

这场面她以前也没少见过，震惊三秒之后淡定下来。

自家男朋友太招人喜欢证明他优秀。

优秀的男朋友只喜欢她一个人，证明她更优秀。

这个道理是夏霁第一次亲她的时候告诉她的。

刚好在去年的这个时候，军训之后她晒得黝黑，他却一点儿没变，依旧好看得惹眼。

她还没有适应女朋友的身份，首先感受到了外形上的落差。

夏霁剥着澳橘，一边往她嘴里塞橘子一边教她人生哲理："我优秀，我喜欢你，这说明你更优秀。这么优秀又可爱得过分的陈桉桉让我很有危机感，我可得看牢了。"

陈桉桉鼓着腮帮子吃橘子，想了一会儿才明白他这是在给她扎强心剂，不愧是未来的医生小哥哥。

可能是她吃东西的时候像只小仓鼠一样太可爱，那个落日黄昏，他们有了橘子味的初吻。

中文系的古风短剧不出所料地引爆全场，完全抢了风头，后面压轴的医学系的走秀与之对比起来就显得太过寡淡。

A大官博发了视频，底下万人血书求续集，绝对主角夏侍卫硬生生地靠脸圈了一拨粉丝。

@神经病仙子：五分钟内，我要这个小哥哥所有的联系方式！

@夏离呀：老学姐指路，医学系2016级3班。

@热心吃瓜群众：指路也没用，人家有女朋友了。

……

在这热闹异常的时刻，文艺部部长将自己保留下的珍贵番外视频奉献出来了。

三分钟后，A 大官博炸了。

@神经病仙子：啊啊啊！这是什么偶像剧剧情？！这身高差真的萌晕我，这对我嗑爆！

@倾顾顾顾：这对是真人，还是青梅竹马，早就暗戳戳萌过的人飘过……

@唧唧复唧唧：萌过 + 身份证号……

其实那个视频拍得一般，陈桉桉也就仔细地看了二十几遍。

三秒后，她转发了微博。

@是陈可爱呀：我们会带着你们的祝福，马不停蹄地滚走，嘻嘻。

七

夏老师：把“我喜欢你的全部”用三种方式表达出来

1.0

陈桉桉从小到大都是学霸，除了学习比较擅长之外，没什么别的优点。

而夏霁则会这样安慰陈桉桉："初恋男友是浑身没有缺点的人，你眼光好，这也是个优点。"

"你不要脸，这不是缺点吗？"

夏霁面上毫无波动："不要脸，或重于泰山，或轻于鸿毛，主要看动机。不要脸能和你在一起，要脸就不能和你在一起，我选前者，所以不要脸不是缺点。"

陈桉桉越来越崇拜他随口胡诌的能力了。

所以说，浓烈的爱情会让人盲目。

因为陈桉桉成绩好，从小学到高中，她一直都是班里的学习委员。也多亏了这点，夏霁在高中的陈桉桉眼里多了几分存在感，不至于和大部分同学一样，在她脑海里只留了个性别的记忆……哦对，还有嘴毒。

高中时，体育老师有事出去，体育课就会自动变成自习课，这是惯例。每当这个时候，作为体育委员的夏霁就会受班里蠢蠢欲动的男生嘱托，想办法去把体育课要回来。

十次有八次，夏霁都是直接去找陈桉桉的。

"劳逸结合，放松大脑，这样学习才有效率。"

"莎士比亚曾说过，一味地死读书是不会有出路的。"

"看在我们也算是旧相识的分上，就不能打个商量吗？"

彼时的陈桉桉被长得人高马大的夏霁堵住，听他说了一句又一句，有些难以置信。

这人平时不是清冷话少又毒舌？现在怎么这么聒噪？

夏霁是个风云人物，陈桉桉面皮薄，怕围观，基本都会答应他的要求，去找班主任通融一下。

后来他们在一起之后，夏霁回忆过往的心酸，深深地叹了口气："人间不值得啊！"

但是上了大学之后，陈桉桉这个自认唯一的优点也差点保不住。

因为她两学期的英语四级全都挂了。

英语一直是陈桉桉的弱项，高中时还能靠着强大的学习能力刷题考取高的分数，上大学之后难度一下拔高，再死记硬背就很吃力了。

反观夏霁，两学期之后已经过了六级，还是以超过600分的高分过的。

成绩出来那天，陈桉桉看着自己可怜巴巴的413分，再看夏霁的，差点儿就要哭出声。

夏霁只是安慰她下次一定能过，没再多说什么，她也没想到他一直记着这件事。

"十一"国庆节放假回家前，夏霁给了她一张打印出来的表格。

“你回家贴床头，照着这个做，我每天训练完去找你检查。”

陈桉桉扫了一眼，表格标题是：英语四级七日计划。

上面对这七天假期进行了严格的时间规划，几点起床，几点吃饭，几点休息，什么时间段背多少个单词，什么时间段做语法练习，什么时间段练习翻译都有。

“七天坚持下来先看看接受程度，之后回学校再调整。”

陈桉桉一路看到最后，下巴都要掉下来了：“这怎么还专门有一个时间段是用来想你的？”

夏霁正色道：“学习重要，每天想我更重要。”

陈桉桉：“……”

2.0

夏老师一本正经的时候，陈桉桉是不敢不照做的。

更何况她自己也憋着一股劲儿，在学习上，她不会轻言放弃的。

七日计划执行两天，陈妈妈、陈爸爸跟团出去旅游了，走之前，陈妈妈还在絮叨：“本来放你一个人在家，我还有点儿不放心，但是小夏说他会过来给你补英语，有他在，我就不担心你会把自己饿死了。”

陈妈妈喜欢夏霁已经到了一个盲目的程度。

陈桉桉试探着问：“妈妈你就不担心夏霁把我拐跑吗？”

“小夏的眼光应该没这么差。”

陈桉桉：“……”

家里没大人，拥有好眼光的夏老师自然而然地登堂入室，午饭自己换着花样做，晚饭带她出去吃。

吃完晚饭，他开始一天的学习效果检查。

起先两天，他们还是老实地一个教一个学，之后夏霁就开始控制不住为自己加戏了。

“请这位同学用三种方式翻译一下这句话：我喜欢你的全部。”

陈桉桉不疑有他：“I like all of you.”

“最简单的，还有呢？”

“I like everything about you.”

“所有与你有关的我都喜欢……不错，再想想意思相近的。”

“I……”陈桉桉卡壳儿了。

夏霁握着签字笔，在纸上写了简单的一句话。

——You are my destiny.

“你是我的命运。”

我喜欢自己，就会喜欢你。

因为我的命运是你，我的全部都是你。

陈桉桉逐渐地红了脸，夏霁已经不知道什么时候挤了过来，手揉着她发烫的耳珠，低低地问：“那你呢？”

“Me too.”

这一晚的学习效果检查终止于这一句。

夏霁捞起人往怀里塞，抱着她到了沙发上。初一和除夕在地上咬来咬去，他们在沙发上亲来亲去。

“这位同学这五天都这么听话，应该奖励，一天一分钟。”夏霁掏出手机定了个时后扔在一边，俯身压上她又亲了下去。

整整五分钟，由春风和煦到疾风骤雨，陈桉桉双臂搂着他的脖子，最后已经晕晕乎乎的。

“叮”的一声手机响了，夏霁离开时，她下意识地往前凑，他咬了一口她红嫩的下唇：“这么舍不得我？”

陈桉桉羞涩地将脸埋进他颈窝里，被他亲得这么迷糊，真是丢死人了。

她红着脸做鸵鸟的样子真是要多可爱有多可爱，夏霁觉得身上有些热，再这样下去，画面就要不可描述了，虽说没人，但这儿到底是她家，他也不好放肆。

夏霁深呼吸几次后从她身上下来，除夕和初一还在精力旺盛地打架。

“明天阿姨就回来了吧？那一会儿我把它俩带走了。”

陈桉桉点点头，虽舍不得，但短暂的分离两天总比陈妈妈将狗丢出去好，反正回学校就能继续在寝室里偷偷地养了。

夏霁看着狗有了个好主意，但现在不好说。他压住快要控制不住翘起来的嘴角，语气平平地说："记得早点儿睡。"

"好。"

"记得梦到我。"

"……你现在已经厉害到能控制我的梦了吗？"

"日有所思，夜有所梦，你白天那么想我，晚上肯定会梦到我。"

"……行吧，我努力。"

陈桉桉上床前，收到了夏霁的消息。

【夏猪蹄子：今天也是努力想要进你梦里的一天。】

3.0

陈爸爸、陈妈妈旅游归来，带了不少特产，有专门给夏霁家的一份。

"明天你去夏家一趟，把东西送过去。"

"今天怎么不行？"她今天还没见到夏霁呢！

陈妈妈收拾东西的手一顿："今天是夏奶奶的忌日，他家应该没有人在。"

时间太久，夏奶奶的模样在陈桉桉的脑海里变得模糊，但她亲手做的桂花糕的味道陈桉桉一直记到现在。漫长的岁月中，总有些东西是刻进了骨子里的。

她想起去年的今天，夏霁少有地情绪低落，当时她还不大适应以女朋友的身份去关心他，没想到忽视了这么重要的日子。

夏霁父母都很忙，在老院待了一会儿就匆匆地走了。

这个院子在陈桉桉一家搬走之后被夏家买了下来，每年的十月六号，夏霁都会独自在这儿待上一整天。

记忆里，这里的夏天比外面的都要凉爽，他躺在葡萄架下喝着奶奶做的绿豆汤。

隔壁的小孩子叽叽喳喳地到院子里来找那个胖乎乎、留着苹果头的小丫头玩儿。

太阳下去之后，陈妈妈捧着个大西瓜到院子里切开，声音清亮地招呼邻居来吃。

西瓜瓤已经起了沙，一抿汁水，甜得小丫头笑弯了眼。

“夏霁，夏霁，你不吃吗？甜的。”

……

夏霁躺在摇椅上阖上眼，半睡半醒间听见了敲门声。

“夏霁，夏霁，你在里面吗？”

这声音竟和梦里的重合在一起，他一下清醒，猛地睁开眼，门外是风尘仆仆赶过来的陈桉桉。

见到夏霁，她松了口气：“还好你在这儿，不然我就白跑一趟了。”

她定定地看着他，随后上前抱住他，轻轻地拍着他的后背。

他喉咙一窒，怔了怔，用力地回拥住她。

她从记忆里，从梦里，走到了他的身边。

陈桉桉背着个大背包，从里面一样一样地往外掏东西。

不是这个季节的西瓜切了两块，用保鲜膜封好；从糕点店买的桂花糕，走了一路，被西瓜压得快碎了。

她有些沮丧，夏霁却大口大口地全都吃光了。

院子里有一棵桂花树，小时候，每年夏奶奶都会摘桂花做上一锅桂花糕。今年桂花依旧开得金灿灿，香气在路口就闻得到。

“味道是不是不太好？”

陈桉桉咬了一口桂花糕，碎渣干干的，噎得喉咙难受。

夏霁拧开一瓶水给她，摇摇头：“我很喜欢。自从奶奶走之后，这是我吃过的最好吃的桂花糕。”

葡萄藤长得茂密，午后的阳光穿过藤蔓、叶片，像过网筛一样只筛进去细细的光。

“夏霁，以后每年我跟你回来陪奶奶吧！”她想在他难过的这一天，暴露软肋的这一天，做他不算坚实的盔甲，陪着他，保护他。

夏霁牵着她的手，在院子中慢慢地走，轻轻地“嗯”了一声。

那天的后来，他做了一个梦。

梦里小小的陈桉桉捧着块红红的西瓜又来找他：“夏霁，夏霁，你不吃吗？甜的。”

他笑着接过西瓜咬了一口，汁水四溢。

甜的是西瓜。

还有她。

那天的后来，陈桉桉学到了一句英文，很像她无数次想象中，夏霁独自喜欢她的那么多年。

——I'll think of you every step of the way.

我会想你，在漫漫长路的每一步。

八

陈同学：夏老师你这么撩，你家里人知道吗？

1.0

A 大一直很人性化，对在寝室里养宠物这件事一直是睁一只眼闭一只眼，但近日由于校内流浪狗数量激增，给学校保安人员带去了不小的麻烦，所以学校教导处发了通告，严格检查，杜绝寝室养宠物的行为。

对此规定，大部分人都很理解。对于宠物本身，这是关乎一辈子的事情，但有些人只是图一时新鲜，草率地决定养它们，最后再不负责任地将它们遗弃。在满是年纪不大、心智尚未成熟的学生的校园里，这样的事情很常见。

因此，陈桉桉和夏霁那两只定情的茶杯犬就保不住了。

女寝楼下，陈桉桉抱着除夕，眼泪汪汪的："怎么办啊，夏霁？"

除夕跟着"呜呜呜"地低泣，眼睛湿漉漉的，这一人一狗真是要多可怜有多可怜。

初一静静地坐在地上，它家个高腿长的主人站在一旁，淡淡地道："既然养不了就送走吧！"

"不行！"

"嗷呜呜！"

夏霁眉头一挑："要不送你家里养？"

陈桉桉吸了吸鼻子："我妈妈会打死我，然后把狗送走的。"

夏霁点点头："也对。"

除夕察觉到自己即将面对的悲惨命运，伸出小舌头亲昵地舔着陈桉桉的掌心，舔得她心里更乱。她今天穿了件宽大的卡通卫衣配百褶裙，笔直的小腿裹在长筒袜里，露出一截白皙的腿，往他跟前凑的时候白花花的直晃眼。

"夏霁……"她烫了蛋卷头，毛茸茸的，更加可爱，脑袋抵在他胸口蹭，"我想接着养……"

夏霁心里建好的城墙立马崩塌，连地基都不剩。

"国庆节回家的时候，我妈妈和我提过一次，去年学校旁边开的那个公寓她做投资买了两套，暑假就装修好了，我要是不想住寝室了，可以搬过去。"

陈桉桉仰头，眼巴巴地看着他："那你就搬出去吧，这样除夕和初一都可以去了。"

夏霁缓慢地眨了两下眼，笑了笑："我为什么住在寝室，你不知道吗？"

"我……"除夕蹦下去欢快地扑向初一，她不好意思地又把脑袋埋在他胸前了。

因为她在寝室里住，所以夏霁才住过来的。

所以她知道夏霁说这话的意思。

但是如果要从寝室里搬出去，学校要和家长联系确认，她要怎么说？

"我找了个男朋友。"

“我要和他住在一起了。”

“不是同居，只是为了照顾狗。”

这每一句话都往陈妈妈的雷区里踩，陈桉桉有预感自己会被炸成肉泥。

她的手不自觉地攥住夏霁腰际的衬衫，他看她这反应，领悟自己还要顶着野男人的身份存在一段时间，退了一步：“这样吧，还是搬出去，但是你知道我这学期课多，训练也忙，剩下的那点儿时间还得陪陪你，实在是没时间照顾它们……”

“我可以照顾它们。”陈桉桉立马接话，“我这学期课不算多，下课我就可以过去。周末你训练的时候，我把它们送去宠物店洗澡寄养，然后去击剑馆陪你。”

撒娇卖萌时间长了，她也 get 到怎样能让夏霁更开心。

虽然后来事实证实她去击剑馆陪他就是烟幕弹罢了，但这一刻他还是满意地微笑，声音温柔地拍拍她脑袋：“真乖。”

吃完晚饭，夏霁给夏母打了电话，说了想搬去公寓的事情，夏母问：“你自己过去？”

“嗯，我自己。”

“那桉桉呢？不和你一起吗？你们俩……感情破裂了？”

“……”夏霁失笑，“好着呢，她不肯搬过去。”

上回陈桉桉去他家送特产，走了之后，夏母就把他叫过去，开门见山地问：“你们是不是在谈恋爱？”

夏霁很干脆地点点头，夏母笑眯眯地拍他肩膀："眼光不错嘛，随我。"

电话里，夏母指点江山般给他出主意。夏霁站在阳台上，看外面夜空中众星拱月，问道："妈，你是怎么看出来的？"

"你看桉桉的时候，眼睛亮得和夜里的饿狼一样，都冒光。"夏母想起过去，有感而发，"和喜欢的人在一起的时候，总归是不一样的。小哥哥蛮深情的嘛，也随我。"

2.0

第二天，夏霁回了趟家拿钥匙，去系里办完退寝手续之后找了辆车搬家。

男生寝室里的东西不多，车走了一趟就搬完了，寝室另外三人没心没肺地给他办了个欢送会，反正每天还在一起上课，住不住在一起没区别，他走了，腾出个床位，刚好放东西。

更重要的是，他们不用随时随地被塞一嘴黄金狗粮了。

男生之间的友情就是这么塑料且不羁。

公寓里，陈桉桉进进出出，把买来的狗窝安置好，把除夕和初一的玩具归置到阳台上，忙得脚不沾地。狗粮和磨牙棒被错放到厨房上边的柜子里，她搬了把椅子要去够，刚一条腿踩上去，整个人被拦腰抱起，再放到地上。夏霁直腰抬手，轻松地打开柜门，将狗粮拿出来。

"有你男人在，还用登高去拿东西？"夏霁单手插着兜，晃悠着走了出去，到厨房门口时顺手把卡在架子上的手机拿下来，点了红按钮，把录好的视频丢进群里。

【精神科—专治不服夏大夫：[视频] 来领你们今日份的黄金狗粮。】

【妇产科—保大保小郭大夫：……】

【泌尿科—条条路通郑大夫：……】

【生殖科—送子观音隋大夫：我宣布，精神科夏大夫由于品德不良被本院开除，散会。】

【系统：群名更改为“吃枣药丸门诊部三位大夫和一名被开除人员”。】

打字太累，夏霁点开语音键，厨房里传来陈桉桉的声音：“夏霁，再过来抱我拿一下除夕的垫子。”

这句话被清晰地录进去，群里安静三秒。

【生殖科—送子观音隋大夫：天凉了，本院破产了。各位，咱们山水有相逢，告辞了。】

夏霁把手机扔到一边，哼着歌进厨房去抱女朋友了。

东西收拾得差不多时已经到了傍晚，夏霁带陈桉桉出去吃饭，这个时节膏蟹最好，清蒸一锅上来，夏霁很自然地剥蟹。他手指细长，陈桉桉就在一边抠着手指等着投喂。

吃了半饱之后她开始愧疚，自己吃一口，拿勺子舀着蟹肉往他嘴里送一口。

“你喂的蟹肉格外好吃。”阴谋初步达成的夏霁心情大好，嘴也比平时甜十度。

“这是你自己剥的，我也没干什么，唉……每次跟你在一起，我都感觉自己像个巨婴一样，什么也不用做，哦不对，是什么也不会做。”她没忘记之前有一次她坚持自己剥螃蟹，然后把手指头弄破了。

往事不堪回首。

她说着说着，老成地叹气，夏霁拿帕子擦了擦手，提议道：“你其实可以做点儿什么的。”

“做什么？”

“在一边对着我喊：‘小霁哥哥，加油哦！’”他捏着嗓子喊了一句，上菜的服务员手一抖，盘子差点儿飞出去。

服务员收了空盘子离开，陈桉桉的脸已经快要埋到笼屉里。

夏霁知道以她那薄脸皮，她肯定不会喊，就只是逗逗她。他戴上手套又拿了一只螃蟹，陈桉桉猛地抬起头，脸颊绯红，下唇被她自己咬得红红的。

她深吸口气，双手握拳半举着，奶声奶气地小声喊了句：“小霁哥哥，加油哦！”

夏霁步了服务员后尘，手一扬，螃蟹落地，壮烈牺牲。

“陈桉桉。”

“……嗯？”

“下次再卖萌这么喊我，记得提前通知我一声，我好做准备。”

“准备什么？”

“速效救心丸。”

3.0

夏霁搬出去住的第一个周末，陈桉桉背着菠萝小书包，装了点儿东西就匆匆地跑去公寓。

书包是上次去商场夹娃娃的时候夏霁给她夹的，本来他们是去看电影，买奶茶的时候，她一眼就扫中旁边娃娃机里的小书包，毛茸茸的，做成了可爱的菠萝形状。

她自己什么手，她还是知道的，没办法，只好求夏老大帮她。

那次刚好赶上老板在搞一个抓娃娃的比赛，一眼望过去，参赛者中最高的也不超过 130cm，夏霁站在其中真·鹤立鸡群。

旁边有不少家长在拍视频，记录下孩子这成长的一幕，陈桉桉有样学样，也掏出手机，挑了个猫耳朵的滤镜对着夏霁拍。比赛进行到白热化阶段，旁边一个年轻的妈妈激动地高声喊：“宝宝加油！”

陈桉桉想起夏霁从前总要她喊“爸爸”，一时恶向胆边生，喊了一声：“夏霁宝宝加油！妈妈爱你！”

“……”身高 188cm 的夏霁宝宝一个手抖，手柄滑了一下，最后只获得了第二名。

前三名都可以将夹到的娃娃带走，还领了奖状。

——夏霁小朋友，在幸福来夹娃娃比赛中荣获第二名，特发此状，以兹鼓励。

回去的路上，陈桉桉美滋滋地背着菠萝小书包，将奖状拍了照发到朋友圈。

【陈可爱：我们宝宝长大了。[图片]】

当然，膨胀的陈桉桉后来很惨，被牙齿长得过于快的夏霁小宝宝咬得脖子上都是红痕，没办法只能戴了一周的丝巾。

夏霁一大早就走了，陈桉桉拿着钥匙进了门，房间被收拾得一尘不染，冰箱里用保鲜膜封好了他提前做的菜，连水果都切好摆了盘，根本没给她机会好好地表现一下。

陈桉桉给除夕和初一洗了澡，把新买来的小玩具扔过去，两只狗子抱着玩具啃，自顾自玩得开心，也没她什么事儿了。

“所以我是来干吗的？”人生无解。

今天天气晴好，秋风和暖阳皆在，阳台上放了榻榻米和矮桌，旁边还有个小柜子，陈桉桉一拉抽屉，里面都是小零食，芒果干和巧克力这两样她最爱吃的整整齐齐地码了一层。下面是各类坚果，摆着几瓶芒果味的酸奶，还有她偶尔提起的一些小吃，有的她自己都不记得什么时候说起过了。

这简直就是个百宝箱了。

大抵在夏霁那里，她随口一句话，他都当成圣旨一样。

有男友如此，夫复何求！

陈桉桉豪情万丈，打开酸奶的盖子，像是梁山好汉大碗喝酒一样干了一口。

她把昨天做的四级阅读练习册拿出来，上面是夏霁给她做的批注，密密麻麻的一大片。

陈桉桉一口酸奶呛在喉咙里，行吧，得意早了。

有时候，她还是想求一求他善良的。

夏霁拖着一身的疲惫回来，一开门就见陈桉桉站在门前，怀里抱着两只白团子，左手抓着除夕的前爪对着他摇了摇，捏着嗓子哼哼唧唧地说："爸爸回来了，有没有给我们带好吃的呀？"

说完她又捏着初一的前爪换了个声音："没有带不许进门哦！"

夏霁浑身的疲惫顿时一扫而空。

"当然带了，你过来拿。"

陈桉桉不疑有他，眉眼弯弯地凑近，夏霁大手捏住她尖尖的小下巴，俯身在她唇上亲了亲。

亲到粉嫩的唇色深成开在他心头的玫瑰红，他才放开她，脱了鞋走进门。

陈桉桉愣了愣，转身追了上去。

"好吃的呢？便宜都占了还不给吃的，夏霁你是不是人呀？"

"不是给你吃了？怎么，还没吃够？"夏霁放下包，叹了口气，

“行吧，那我勉为其难再让你吃一回。”

说着他迈开长腿走过来，脸一偏又要亲她。陈桉桉嘴都有些麻了，慌张地往后退，这下才明白他说的好吃的是什么。

可以的，是个狼人。

九

夏选手：电子竞技，没有爱情

1.0

一中是高一下学期分文理科，陈桉桉和夏霁就是那个时候被分到一个班级的。

按照惯例，上课第一天，每个人要上讲台做自我介绍。

彼时的陈桉桉还是满脑袋只有“氢氦锂铍硼”的小书呆子，穿着一身干净的白校服，拉链拉到锁骨上方，衣领规规整整地往两边分开，面上也没什么笑容：“我叫陈桉桉，我最喜欢学习，希望和大家成为朋友。”

她一句“最喜欢学习”一下子把这场自我介绍的主题拔高到了一个新的高度，后面的人纷纷跟风，不然显得自己非常不上进。

后来的很长一段时间，陈桉桉的前缀都是——高一 3 班那个最喜欢学习的陈桉桉。

只有夏霁没跟风，他个高腿长，几步走上讲台，柔软的刘海搭在眉骨上方，习惯性地也没什么表情：“我叫夏霁，我喜欢的东西很多，从小练习的击剑、平时放松的游戏可以排在前三位，其他的都是随便玩一玩。”

郭铭昊发现了他话里的盲点：“哎夏霁，不是前三位吗？怎么只有两样啊？”

夏霁瞟了一眼已经埋首下去、眉头皱得紧紧的、在啃英文单词的人，淡淡地道：“第一位即最喜欢的，到现在我还没发现，就把这个位置空出来，等着最喜欢的东西出现。”

之后大一那年的寒假，3班举行同学聚会，还有人记得这件事，在KTV问他："夏老大，你那第一位，你发现了吗？"

夏霁揉了揉旁边吃橙子吃得正欢的陈桉桉的脑袋："我那第一位，当然是她了。"

"哇哦——"

一室起哄声里，陈桉桉咽下橘子肉，扭头看着他："我是个东西？"

包厢里顿时陷入死一般的沉默，这是道送命题，不管回答"是"或者"不是"都不对。

夏霁又剥了个橘子，往她嘴里塞了一瓣橘肉："夏霁是陈桉桉的所有物，你是我的东西，有来有往才公平。"

在场人纷纷捂着胸口，无法承受这一轮的情话暴击。

从此夏霁最喜欢的前三位是：陈桉桉、击剑、游戏。

但是相处时间久了，陈桉桉觉得这彻头彻尾就是个谎言。

夏霁在搬进公寓之后没几天就联系了他表哥，一个业内很有名气的室内设计师，在书房里做了个隔断，单独辟出来一间房改造成双人游戏房。

考虑到陈桉桉的喜好，整间屋子的色调偏淡粉色，液晶显示屏，超大按摩椅，零食储藏柜，冰镇肥宅快乐水，夏霁说了，只要进来，就能拥有加倍的快乐。

他说完按着陈桉桉的肩膀，坐在椅子上。

“这椅子能把整个腰托住，坐多久都不会累。你试试看键盘和鼠标的手感，都是我专门定做的。”他的手覆上陈桉桉的右手，往下按着鼠标左右键。

“手感确实挺好，但没有我们小霁哥哥的手的感觉好。”陈桉桉娇笑着将手指拱起来，蹭了蹭他的掌心。

夏霁喉结一动，放了手，坐在旁边的椅子上，长腿支着地一转，椅子朝向陈桉桉。他伸出一根手指，在她面前晃了晃，义正词严地道：“不用这么讨好我，电子竞技，没有爱情。”

陈桉桉：“……”

2.0 ♡

陈桉桉第一次跟夏霁打的游戏是《王者荣耀》，一款风靡全国的手游。

作为一只“最喜欢学习”“除了学习，我一无所知”的小白兔，一开始让她玩游戏，她是拒绝的。

但是汪年说：“你以为我沉迷的是游戏？不，是游戏里声音苏到不行、操作666的小哥哥。当然了，你有夏老大就不需要这个了。但是你就不想在游戏里听你们家夏老大的声音吗？你就不想紧跟热点，和他多一些共同语言吗？你就不想——”

排比句还没说完，陈桉桉点头：“我想。”

之前夏霁引诱她入坑时温柔贴心又有点儿撩，说什么“没关系，你菜也没关系，你男朋友可以一打五”。

“玩游戏只是消遣，陪女朋友才是最重要的。”

等她真正跟他一起玩的时候，就不是那么回事了。

陈桉桉笨拙地操控着角色，一个蛇皮走位直接往敌方塔下冲。

【队伍】【孙悟空—别杀我家陈可爱：你一个辅助，你往前冲什么冲？你是慈善组织的吗？一次一次地给对方送人头！】

【队伍】【孙悟空—别杀我家陈可爱：对方韩跳跳就剩一丝残血，你开个二技能出去啊，你点个回城干吗？回去有人给你发红包吗？】

【队伍】【孙悟空—别杀我家陈可爱：清兵线啊，兵线都要上家门口放鞭炮了，你在那儿打什么龙？龙又做错了什么呢？】

【队伍】【大乔—杉山纪之：就是啊，那个鲁班你行不行？小学毕业了吗？】

【队伍】【孙悟空—别杀我家陈可爱：毕没毕业和你有什么关系？玩你泥巴去，输出菜成鸡还好意思说别人！】

【队伍】【大乔—杉山纪之已退出。】

陈桉桉的心态本来要崩掉了，但一看夏霁这副“我教育我女朋友是内部矛盾，别人赶着来骂就是外部侵犯。犯陈可爱，虽远必诛”的样子，她心里就没什么气了。

但她还是不太想继续玩了。

【全部】【鲁班—要杀就杀夏老大：那个，投降了吧！】

【队伍】【孙悟空—别杀我家陈可爱：你发全部，对方也能看到。打游戏菜可以，但是不能㞞。】

【全部】【鲁班—要杀就杀夏老大：你们！！】

游戏界面上，孙悟空跑动的速度慢了下来，寝室里的夏霁扶着桌子狂笑，片刻后开了语音。

陈桉桉戴的是入耳式的耳机，自游戏里传出来的语音不断地往她耳朵里钻，有些哑哑的，却能听出来他在笑："我家陈桉桉是什么品种的大可爱啊？"

虽然夏选手情话说得好听，但是这改变不了夏霁一打游戏就十倍毒舌的本质。

陈桉桉一路打上铂金段位，全靠抱夏霁大腿。

那段时间，夏霁经常高贵冷艳地看她对他撒娇："小妖精，又想让我带你上分了？"

陈桉桉："……"

游戏越往上越难打，陈桉桉又实在是拖后腿，铂金段位之后就再也没升过。不能抱大腿升段位，那这个游戏就没有了意义，陈桉桉迅速卸载，夏霁又打了一段时间也不玩了。

"看，阻挠你上分的不是我。"

夏霁一脸"你还真敢甩锅"的表情看着她："不能在游戏里把你压在我身下，这个游戏对我也失去了意义。"

陈桉桉："……你是什么品种的老流氓呢？"

从《王者荣耀》的坑里爬出来没多久，陈桉桉就又被夏霁拖进了《绝地求生》的坑。

《绝地求生》是电脑端的游戏，俗称“吃鸡”，那时候铺天盖地刷屏的都是赢一局游戏之后的那句话：大吉大利，今晚吃鸡。

陈桉桉想起之前玩《王者荣耀》时受到的伤害，说什么也不玩，结果夏霁信誓旦旦地保证：“这次我保证不怼你，我要是怼你一个字，我就生吃一把香菜。”

夏霁最讨厌吃香菜，闻到就会反胃的这一种。

这赌注有点儿大，她可以信一次。

然后……

要不是长得太矮够不到，估计她就直接把他嘴掰开，塞一筐香菜进去了。

3.0

夏霁在群里喊了一声，瞬间组好了队四排，新一局游戏开始，陈桉桉操纵人物的手微微颤抖。

对她而言，《绝地求生》又可以称为“我男朋友作妖的三百六十种方式”或者“怎么样能防止我男朋友杀我，在线等，挺急的”。

和《王者荣耀》同一队的人不能自爆，攻击对自己队友产生不了伤害的纯推塔游戏不同，“吃鸡”时是可以杀自己队伍的队友的，只要一队有人挺到最后“吃到鸡”就算赢。

所以，这就悲剧了。

“跳机场。”

夏霁的声音透过耳麦传来，队伍开了跳伞从高空中跳下。

“陈桉桉你跟着我。”

被点到名字的陈桉桉一愣，还是贴在夏霁身后跟了过去。这个区域物资丰富，相对竞争也大，如果留她一个人，那基本上就是三分钟会凉。

夏霁捡了把枪，迎面遇到了隔壁队的，操作迅速将其解决。郭铭昊他们两个绕到前面去，陈桉桉和夏霁所在的这一块暂时安全。

画面里，夏霁的人物拿着枪转过来，陈桉桉觉得他要开始作妖了。

她迅速地往后退，却逃不出夏霁的魔爪，他端着枪过来：“别动，再动就开枪了。”

“……”陈桉桉举起手，心平气和地和他商量，“大哥，我觉得我最近表现挺好的。单词错误率已经降到百分之四十了，用微波炉热馒头也不会热得像块炭，德智体美劳可以说是全面发展了。”

“这样，你给我唱首歌，我就放了你。”

“夏霁你不要得寸进尺好不好？”

“倒数三个数，三、二……”

安全区刷新，机场刚好是天命圈，安全继续，这就意味着陈桉桉还要受折磨。她一咬牙：“想听什么？您点。”

最后陈桉桉把某音上最火的《学猫叫》唱了三遍，夏霁才满意。

他倒不是喜欢听这个，只是有一次看见陈桉桉跟汪年录的视频，陈桉桉戴着猫耳朵的发卡，可爱的萝莉音“喵喵喵”听得他一颗心都酥麻了。

可等他让陈桉桉唱给他听时，她嫌羞耻坚决不唱。

那就不能怪他阴险了。

唱完歌，陈桉桉动了动，夏霁低喝一声：“不许动。”

“……你还要干吗？”

“回答我一个问题，我就放了你……你，什么时候喜欢我的？”

从他们莫名其妙地在一起到现在也有一年半了。因为夏霁单方面对她好，她很快就适应了情侣的关系，与他相处自然又甜蜜。

她当然是喜欢夏霁的，之前的一次朋友圈，她也明确说过，她喜欢他。但是夏霁从来没问过她是怎么喜欢他的，是从什么时候开始的。

因为不管她的回答是怎么样的，夏霁单方面就把关系给锁死了。

陈桉桉就一直以为，他并不在乎这个答案。

可是现在夏霁居然找这样的方式将这个问题抛给了她，她少有地感觉到了他的紧张和不安。

可这个队伍里还有另外两个人，她的脸皮实在是没他那么厚，支吾了半天也没说话。

就在这时，被厚厚的单身狗屏障隔绝的郭铭昊一枪过来，陈桉桉顿时凉了。

——没被男朋友杀死的这一局，男朋友的朋友杀死了我。

真是人生惨剧。

郭铭昊阴沉沉的声音响起：“忍你们两个很久了！带着我的祝福死吧！”

陈桉桉开了 OB 视角（旁观者），清楚地看见本能躲开的夏霁硬生生地挨了 FFF 团团长郭铭昊的第二枪，倒在了地上。

“现代爱情太没波澜，在游戏里体验一把和心爱的人同生共死的感觉也挺好。”夏霁站起来走过去，摘了陈桉桉的耳麦，和游戏相比，他有更重要的事情要做。

晚上 A 大的操场，热闹程度不亚于白天。

夜跑的、聊天的、躺在草地上看星星的，比比皆是。

夏霁牵着陈桉桉的手，在塑胶跑道上慢慢地走，他紧张得喉咙直发干，面上还强装镇定地道：“你要是不回答，那下次游戏里，我就要你当众喊我‘爸爸’了。”

陈桉桉想了想，诚实地说：“我也不清楚是什么时候喜欢你的，‘喜欢，泛指喜爱，实际上是一种感觉，包含欣赏、仰慕、钦佩、倾心爱慕、爱、崇拜等等。’”

中文系第一名陈桉桉同学将书上的注解倒背如流，听得夏霁差点儿就忍不住捏碎她的手指骨了。

清晰地感觉到他掌心的濡湿，陈桉桉拍了拍他：“你背我走吧！”

夏霁没听到想听的，有些气恼，但还是在她面前蹲了下来。

“别走，跑一会儿，快点儿跑。”

陈桉桉伏在他的背上，于颠簸中喃喃道：“就是这个感觉。如果你非要一个清晰的时间点，那应该就是这个了。”

夏霁也想起来了，那是去年体能测试课上，陈桉桉跑八百米时晕倒，他刚好经过，背起她就往校医务室跑。

他跑得太急，她柔软的胸撞在他坚硬的背上，撞得她心口发麻，颠簸得她有一丝丝的清醒，就这么迷迷糊糊间眼睛睁开一条缝儿。

狭窄的视野里，满满的全是他。

夏霁已经停了下来，陈桉桉吊在他的背上。

夜风温柔，星子漫天。她贴近他有些发热的脸，轻轻地开口。

“虽然和你相比，我喜欢得有点儿晚，但是在喜欢你的道路上，我没缺席呀，男朋友先生。还有……谢谢你！”

谢谢你不辞辛苦地等我，等了这么多年。

我来得晚了一点，可能走得也慢了一点，但我会努力对你好一点。

每一天都比前一天多一点。

谢谢你，我亲爱的你呀。

十

陈白兔：你出现，就是我可以遇见的最大的惊艳

1.0

十一月十二日是 A 大校庆日，今年刚好是建校一百年，从十一月开始，学校各个院系的学生会就忙碌了起来。

中文系的知名校友会在校庆日开讲座，陈桉桉作为学生会主席要和下面的人商量一下接待的各个环节。几次开会商议之后大家各自忙碌，也就是这个时候，文艺部部长飘了过来，小心翼翼地问：“你最近和你男朋友……还好吗？”

陈桉桉点点头：“挺好的。”

“你们还经常见面约会吗？”

“他太忙了，就不太常见。”

夏霁这阶段在忙个课题，有时候看他实在太累，陈桉桉心疼，就让他直接回公寓休息，不用再到学校来找她。

和以前每天固定午饭、晚饭在一起吃，吃完再一起浪，浪完偶尔还一起睡相比，一天没见确实是很不常见了。

文艺部部长没说话，陈桉桉把文件收拾完，抬头就看见她愤怒到脸色发青，夸张地深呼吸。

“你这么呼吸，不怕呛到吗？”

“喀喀喀——”文艺部部长狂咳了几下，“啪”的一巴掌拍在桌子上，看得陈桉桉手心都是一阵麻。

“我从小就萌绝世大帅比 VS 纯情小白兔 CP，本来以为这只存在于小说里，直到我看见你和夏霁。我的天，这种漫画感满满的 CP 是真实存在的吗？我苦苦地萌了一年多，每天都按头求你们结婚，没粮自己产，没视频自己剪，谁知道夏霁居然是那种人！吃着锅里的兔子肉，还要望着盆里的大白馒头！他配不上你！纯情小白兔，你自己蹦着跑吧！”

陈桉桉愣了三秒钟：“你剪了我和夏霁的视频？”

“咳咳咳……”文艺部部长的激情表演被打断，慌张地解释，“我做人很有底线的，我没有偷拍你们，都是从上次古风剧，还有平时夏霁比赛的录播视频里剪出来的……不对，这不是重点。”

陈桉桉“哦”了一声，才对她的那段话做了个阅读理解，得出中心思想：“你说夏霁在外面有别的狗了？”

文艺部部长左手握拳，捶着右手手心：“没错。”说完又觉得不严谨，补充说明，“是疑似，疑似。”

“行吧，祝他幸福。”陈桉桉背起小菠萝书包走出去，扶着门把手时转过头，“谢谢你啊，那个……咳咳，你叫什么来着？”

文艺部部长：“……难道配角、助攻不配有姓名吗？我叫焦阮，你也可以叫我的艺名‘浪里小白龙’。”

“好的，小白龙。”

回到寝室，陈桉桉借了室友乔筝的账号登录 B 站。

在搜索栏里输入“浪里小白龙”，很快她就找到了一个 ID 名是“一条爱吃芒果的浪里小白龙”的 UP 主。

陈桉桉深吸了口气，点了进去，播放量最大的一个视频已经有几十万的浏览量。

——【芒果 CP】【青梅竹马】【校园男神】神仙谈恋爱，谈到世界充满爱!

一打开视频，屏幕上是密密麻麻的弹幕，下方还有红字弹幕一直在做科普，造福大众。

【这对是 A 大的传奇情侣，青梅竹马，一起长大，青梅可爱，竹马超帅，呜呜呜……】

【前面说竹马眼熟的，那是夏霁啊，就那个击剑选手，之前还凭颜值上过热搜的。】

【这对超甜，188×155 的身高，要是抱起来亲，想想画面就激动了呢！】

……

小白龙不愧是浪里翻滚过的，神仙剪刀手将视频剪辑得看起来毫无违和感，BGM 是这首超甜的歌：《遇见你的时候所有星星都落到我头上》——

你给我了一个微笑 / 我可以不可以用一个拥抱还你 / 你让我又心跳 / 哎呀，我有什么办法也叫你神魂颠倒 / 你的眼睛在笑 / 我望着就中了毒药 / 就快要受不了 / 你的声音在绕 / 还带自动循环特效 / 有没有暂停键可以 stop……

正主嗑自己 CP 嗑得全程姨母笑，陈桉桉给夏霁发了消息。

【陈可爱：遇见你的时候所有星星都落到我头上。】

【对方正在输入中……】

【对方正在输入中……】

等了快一分钟，夏霁直接发了语音过来。

他的声音好听，像是大提琴的声音一样厚重悦耳，歌声压过视频里娇俏的女声，轻易地撩动她的心弦。

“也许想着未来的事情太遥远，一起去环游世界也很难实现，但你出现在我身边，就是我可以遇见的最大的惊艳。”

【陈可爱：你不会也看了那个视频吧？】

【夏猪蹄子：什么视频？】

【陈可爱：就，有人剪的什么芒果……】

【夏猪蹄子：没怎么看。】

陈桉桉松口气，暗道一声幸好，不然好羞耻。

【夏猪蹄子：也就看了七八十遍吧，不算多。】

【陈可爱：？？？】

【夏猪蹄子：剪得不错，但没有我们万分之一甜，凑合着看吧。】

陈桉桉红着脸，捧着手机傻乎乎地笑开。

2.0 ♡

等再在系学生会开会的教室里看见文艺部部长，陈桉桉后知后觉才想起来，所谓的重点到底是什么？文艺部部长不是想邀请正主去围观、刷弹幕、送礼物的，虽然……咯咯，她确实刷了不少新鲜弹幕上去。

这次开会内容不多，主要围绕着讲座之后的互动环节，之前已经确定好了，但为了避免到时候出问题，这次再走一遍流程。

整场会议里，陈桉桉看着认真无比，实际上早已魂游天外。

她就像是高中物理课上的某一类学生，穿着干净整齐的校服，坐在下面认真听讲，和老师的眼神对上的时候，还微微地点头附和老师的说法。

但实际上，他们可能在思考待会儿下课从哪条路线往食堂跑更快。

此时此刻，陈桉桉想得略多、略杂，心路历程如果具象地表现出来，大概能拍一部八十集的连续剧。

——夏霁忙成那个样子还有时间去外面勾搭人，他每天是有四十八小时吗？我要是有这个效率，四级单词应该能再背一次了。

——说起四级单词，昨天晚上夏霁那么晚回公寓还打电话给我抽查单词背诵情况，搞得我做梦都在背单词表。

——咦，昨天错的那个“道德心”怎么拼的来着……cons……conci……完了，等会儿他再打电话过来怎么办？

……

“好了，差不多就是这样了，校庆当天大家加油哦！”文艺部部长笑着说道，众人散去，陈桉桉第一时间掏出手机，看样子非常焦急、非常迫切。

文艺部部长暗戳戳地猜测，应该是自己的通风报信让陈白兔有所觉悟，但是没有确凿证据也不能闹情变，所以陈白兔只能每时每刻看紧夏霁。

她凑近去看，5.5 寸的手机显示屏清楚地把界面投映到她的眼底——在线词典 APP。

文艺部部长：“……”

“Conscience，conscience……”陈桉桉把单词拼了五六遍才退出界面，一抬头，文艺部部长的脸在眼前放大，表情，难以捉摸。

“有什么事儿吗？”

文艺部部长露出尴尬而不失礼貌的笑：“本来有的，现在没了。”

这样不走寻常路的陈白兔，很明显不用她操心了，她可以准备好继续嗑糖了。

其实从道理和情理双重层面上来说，陈桉桉对夏霁的忠贞是深信不疑的。

她了解夏霁，他是最有时间观念的人，说谎骗人这种事就是在浪费他的时间。

但是这样的夏霁，从高中到现在都会为了等她下来见一面而在夜色里站很久。

“你这样白白地等着不也是浪费人生？”

“等你下楼的每时每刻，我都在想象你出现的那一瞬间是穿的什么衣服，梳的什么发型，脸上是什么样的表情，如果猜对了就是心有灵犀，猜错了，就是我还不够了解你，得继续努力对你好才行。这个过程，是我对我们恋情的查缺补漏，我非常享受。”夏霁如是道。

但是吧，她心里稍微有些不舒服也是在所难免的。

陈桉桉做不出来因为没有影儿的谣言就去质问夏霁的事情，所以最后她去微博搜索相关的问题……然后看着网友的评论无法自拔。

沙雕网友真的是快乐源泉了。

一小时后，医学院三楼麻醉科室，夏霁揉了揉酸疼的眼睛走出来，到楼梯拐角吹吹风。

“小霁哥哥，你家小可爱突然出现！”

前几天新设置的独属于陈桉桉的消息提醒音在小小的空间里回荡，他弯唇笑了笑，将手机掏出来。

【我家陈可爱：最近我们导师总在说，光自己看书是不够的，也要提升下家属的文化素养，所以我想考你一个问题。】

他转身，颀长的身体靠在墙壁上，手飞快地打字。

【夏季：家属已经准备好了。】

【我家陈可爱：一个“八”加一个“刀”字是什么字？】

【夏季：分。】

【我家陈可爱：那……你是用手写字还是用脚？】

夏季眨了下眼，退出界面，改了下昵称又返回。

【夏猪蹄子：用蹄子。】

【我家陈可爱：？？？】

【夏猪蹄子：你不总管我叫“大猪蹄子”吗，既然我本体都是猪蹄子了，那身体的每个部分都是猪蹄子，用蹄子写字，没毛病的。】

【我家陈可爱：？？？】

“分”和用来写字的“手”字组合在一起就是“分手”。

陈桉桉想分手是不可能的，这个自信夏霁还是有的。排除掉这个不存在的答案，她来套路他的原因就很明显了。

【夏猪蹄子：我课题忙得差不多了，你在哪儿？我去找你。】

“我去找你”四个字在陈桉桉面前转啊转，简简单单的一句话，却让她无比安心。

陈桉桉果断关上网页，再趁着夏霁还不知道之前把浏览记录清除掉。

这个小小的吃飞醋事件，就永远埋在她心里吧！

夏霁折回麻醉科室，同组的一个女生热情地凑过来：“课题做得这么好多亏了你，待会儿组里要去吃个饭，一起去吧？”

这次课题，医学系这一年级的学生分成十个大组，这个女生不是和夏霁同班的，在专业上，夏霁从来不会掺杂个人主观的感情，之前也没怎么太注意这件事，只是郭铭昊有一次打趣他：“听说最近我们系花每次见到你，漂亮的眼睛里美瞳都在发光，小兄

dei，桃花运分我一半行不行啊？”

他不知道就算了，如今陈桉桉既然已经开始让他做送命题问答了，那他也该解决下潜在的危机了。

夏霁不着痕迹地退开半步，淡淡地道：“我就不去了，同班塑料情维系起来就很占时间，不是一个班的就更没必要维系了，我去接我女朋友了。”

他这么直白且毒舌，系花面子挂不住，挣扎着道：“陈桉桉除了学习好，没有什么比得过我的，我不信你对我一点儿想法也没有。”

“巧了，我这人就喜欢学习好的，有益于以后孩子的思想文化教育。”

系花：“……”

夏霁站在女寝室楼下，天边云卷云舒了三次，陈桉桉才从里面出来。

“那件红色的短大衣，同色的格子裙，已经有些长度的卷发扎成马尾，表情……应该是笑着的吧！”

他低声喃喃，她出现在眼前。

分毫不差。

今天也是心有灵犀的他和她。

3.0

百年校庆，平时每天在学校，可能没觉得有什么特别的，但是这一刻，但凡A大的学生都感受到了独属于学校的文化底蕴和厚重氛围。

校园里随处可见刚毕业几年、穿着笔挺西装、在职场上积极拼搏的学长，人到中年、穿着职业套装、笑容得体、优雅从容的学姐，还有头发已花白，站在刻着校名的石头前热泪盈眶的老者。

陈桉桉看到他们，仿佛看到了很多年后的自己。

青春岁月从毕业那一刻起就终止了，多少人在之后的日子里会梦见这段回不去的时光。

她想，如果到时候是夏霁陪着她一起，可能她就不会这么难过了吧！

校长致辞，宣布校庆开始之后，各院系自己筹办的活动正式上线。

各系的学生代表从大礼堂中退场时，陈桉桉在人潮中撞进了夏霁的怀里。夏霁一只手轻轻地搭在她的头顶，一只手环住她的腰身把她护在怀里往外走。

“我们院系校队有个表演，在最后，你要是结束得早就先回公寓等我。”

“好的大哥，小弟记住了。”

夏霁一脸好笑地捏了捏她的脸颊，放开她匆匆地离开了。

中文系的讲座一贯是冗长又无聊的，之前组织选同学听讲时只有一个要求：可以睡，但请不要打呼噜，谢谢。

陈桉桉放眼一望，前排的还能撑一撑，后排有几个已经在小鸡啄米般地直点头了。

她向来是个异类，平时这种能提高自我的机会绝不放过，但是一想到不远处的医学系小礼堂里夏霁在表演节目，她就有点儿坐不住了。

她好想去看他啊！

没有什么比看男朋友在台上闪闪发光更让人心动的了！没有！

陈桉桉捏住了座椅扶手，捏得手背上青筋快暴起……还是没敢走。等演讲终于结束，在潮水般的掌声中，陈桉桉猫着腰跑了。

外面飘了细小的雪花，可天上有太阳，所以一点儿也不冷，倒是雪花被照得明晃晃的，像是能晃到人的心里。

陈桉桉一路跑到医学院的小礼堂门口，大批的学生已经从里面走出来了。

“完了，没赶上。”她挫败地叹了口气，低着头往回走，没几步就被人从后面拉住了。

他还是之前的那个姿势，近乎拥抱，带着她走，直到到达空旷一点儿的地方。

“干吗见到我，转身就走？在你眼里，我已经没有吸引力了吗？嗯？”夏霁掐着她的小下巴，一挑眉，像小说里的霸总一样邪魅一笑。

但这样的他一点儿也不油腻，还帅帅的，呜呜呜……

他穿了白色的击剑服，后背上背着长长的包，比平时看起来更英气逼人，果然制服诱惑这种话不是随便说说的。

一想到这么帅的人去表演了，但是自己没看见，陈桉桉更委屈了，撇着嘴眼巴巴地看着他："我溜出来是想看你表演节目的，谁知道你们演得这么快，都怪你，这么快干吗？"

"我快？"夏霁逼近她，唇贴在她小巧的鼻子上厮磨，"迟早有天让你看看我究竟快不快。"

陈桉桉蒙了一下，反应过来他的意思后脸当即爆红，伸手刚要推他，他倒是自动自觉地先一步起来了。

"你想看我是怎么表演的吗？"

"想！特别想！非常想！极其想！"

"古代当街卖艺的都是有钱的捧钱场，没钱的捧人场，你这不能什么也不花就让我这个全国冠军给你随便表演吧！"

陈桉桉翻了翻包，在最里面抠出两枚一块钱硬币，把墙边的包打开扔进去。

夏霁："……我只是打个比方。小爷不稀罕金钱，只喜欢肉体。"

"你家冰箱里不是很多，还不够？"

夏霁曲指弹了弹她的小脑壳："跟我绕吧你就，不逗你了。我这边课题忙完了，校庆也结束了，时间多了一点儿，我想好好陪陪你。你到我那儿去住吧，住十几天，宿管阿姨不会理的。"

“我……”

“你就不想我吗？我想抱着你睡，就和之前去海边民宿时一样。”

夏霁面对卖萌的陈桉桉，控制力会土崩瓦解，而陈桉桉每逢面对露出小委屈表情的夏霁时，控制力直接具象化，然后被炸成粉末，随风飘散。

她只能点头点头再点头。

夏霁露出意味深长的笑，起身开始了他的表演。

动作是帅的，人是帅的，只是……

“这和我平时去击剑馆看你训练有什么区别？”这个猪蹄子一定是故意拿这个做交换条件的！

“动作没区别，但人还是有区别的。”

陈桉桉凝眸看他：“？？？”

夏霁停步，收剑，注视她：“现在站在你面前的，是比那时候更喜欢你的我。”

十一

夏灰狼：小兔子乖乖，在家里等男朋友回来

lovely girl

1.0

陈桉桉顶着整个寝室的八卦目光收拾了日用品，暂时搬到夏霁那儿了，临走前寝室一人一句祝福。

汪年："风里雨里，夏老大在床上等你。"

乔筝："千难万难，扑倒夏老大的路上没有困难。"

郑衣衫："常备肾宝，他好你也好。"

陈桉桉："……"这一碰就稀碎的室友情。

她不是没想过和夏霁再进一步的事情，他虽然有时候明里暗里地耍流氓，但是实际上没对她做过任何过界的事情，两个人的身体接触还停留在亲吻这一步。

夏霁尊重她，她很欣慰，但是伟大的"教育家"汪年说过："男人都是狼，哪有不喜欢吃肉的呢，更何况是我们桉桉这么嫩的兔子肉，我保证夏老大已经在脑海里将你翻来覆去，酱酱酿酿几百个回合了。这样的人现在尊重你，等到真的开了荤就四个字形容：饿虎扑食，我估计你这小身板都得散架。"

"你的脸怎么红成这样？"到了门前，夏霁一掏钥匙，就见陈桉桉脸红得跟樱桃一样，微咬着唇，娇羞得不得了。

"你是不是想些什么不纯洁的事儿了？"夏霁逗她，"咔嚓"一声打开门。陈桉桉捂着脸一阵风似的冲进去，他晃着手里的钥匙扣，眼神逐步变成狼一样，笑容渐渐浪荡。

看来他随便一猜，居然猜准了剧情发展，可以改行做编剧了。

因为忙着校庆的事情，陈桉桉已经有许多天没到这儿来了，除夕和初一见到她就迈着肉肉的小短腿过来，在她脚边蹭来蹭去的，求亲亲抱抱举高高。

陈桉桉心都快化了，将之前脑中那点儿乱七八糟的想法都甩到一边。

天气转凉，地上铺了乳白色的地毯，她就坐在上面，摸一把除夕的脑袋，亲一下初一的小耳朵，真·雨露均沾。

不一会儿，厨房里传来鱼汤的香味，陈桉桉一只手一个小团子，顺着香味就飘过去了。

厨房里，她家男朋友围着围裙，拿勺子撇去鱼汤最上面一层，又把砂锅的锅盖盖好。

他扭头一看，一人二狗，三双眼睛直勾勾地盯着砂锅。

夏霁不满地冷哼一声，陈桉桉立马回神，谄媚地笑："大哥辛苦了，给大哥递烟……哦，你不抽烟。给大哥递水，手占着呢，那递个吻吧，大哥低点儿头。"

夏霁倒是想客气一下，但已经不由自主地弯腰，任她"啵"地一下亲在他唇上，随后蹦跳着又出了厨房。

他笑了笑，片刻后笑容逐渐变淡。

这样可爱的她，他怎么能舍得太久不见。

陈桉桉做饭，那她和厨房之间有一个必定要死，一早认清了这个现实，夏霁就很主动地在为数不多的空闲时间里提升自己的厨艺，力求以后两个人成家，一个月把她喂胖五斤。

把她喂成小猪，又白又胖又软，不管压着还是摸着都舒服。

夏灰狼不动声色地开始放长线钓小粉猪，陈桉桉对此一无所知，吃得欢快，三碗熬得奶白的火腿香菇鲫鱼汤下肚，吃得她眉开眼笑，拍着他的肩膀："大哥可以的，宜室宜家呀！小弟以后就跟着你混了。"

"过几天，我要去一趟隔壁市，参加一个交流表演赛，要在那儿待三四天。"

陈桉桉脸上的笑立马僵住。

"这次表演赛不是公开的，所以我不好带你过去，而且隔壁市也没什么好玩儿的，等我走了，你如果不太想在这儿住，我就让我家阿姨过来喂几天狗。"

陈桉桉手指无意识地抠着勺子，摇了摇头，郁闷地道："没不想，我留下来吧……"

"这么心不甘情不愿，不舍得我走吗？"夏霁直直地戳中她的内心深处，戳得她有点儿不好意思，又觉得自己太小心眼儿了。他去为了自己所爱的击剑奋斗，她要做的就是站在他身后默默地鼓励、支持才对。

她就算帮不了他什么，也不能做拖累他前进的绊脚石。

她的夏霁，注定是要闪闪发光的人。

夏霁见她表情从难过到斗志满满，就和以前每一次一样，他掩饰性地笑了笑，站起身抻了抻腰：“既然这么舍不得，那临走前咱们做点儿让人印象深刻的事情吧！”

“什么事情？”

“我快不快的事情。”

“？？？”告辞了。

陈桉桉成功被转移了注意力，慌忙站起，捂着脸跑客房里去了。

2.0 ♡

夏霁住的这个公寓很私人，安保设施很齐全，每户门前还有监控，但是也不排除其他危险因素的存在，比如单纯善良的陈桉桉给陌生人开门，然后被坏人绑架之类的。

虽说陈桉桉在家里等着让夏霁非常满意且有归宿感，但作为一个操碎了心的爹系男朋友，夏霁提议想一个私密点儿的接头暗号。

“有人来按门铃，你就问问题，就算听着是我的声音，只要问题没回答上来，你就不要给他开门，很有可能是谁用了变声器。记住，除了我之外，不要给任何人开门。”

陈桉桉觉得他有点儿过了：“你真当自己拍黑帮片呢？大哥。”

“有备无患总是好的。”

夏霁认真地开始想了起来：“什么暗号好呢？要朗朗上口好记的，不然就你这个记性，你转头就忘，还得不俗套、有特色，仔细想起来还要甜甜甜，符合我们人物的设定，还有——哎，你干吗去？我还没说完呢。”

陈桉桉“啪”地拍他的手背，面无表情地哼哼：“你人身攻击我，我要去举报你。”

结果她没把他打开，反倒被他拖着裹进了怀里。

“你笨不要紧，不是有我在嘛，我聪明就好了。”

“光人身攻击还不算，还要踩一捧一是吧？夏霁，没想到你是这样的猪蹄子。”

跟夏霁在一起时间长了，她的嘴皮子也变得利落了。夏霁把腿伸直，她靠在他胸前，曲腿坐在他腰间，脚像是踩着脚踏板一样踩在他大腿处。

她一边说一边用白嫩的小脚有节奏地踩来踩去，真的和林子间的小白兔一样。

夏霁下巴搭在她肩膀上，来了灵感：“把《小兔子乖乖》的歌词改一改，有人在敲门，你就问：‘小兔子乖乖，在家里等男朋友回来。门外是来送小麦，还是送大白菜的？’”

陈桉桉：“……”

“门外人的正确回答是：‘爱心快递，来快递送回你家绝世帅比男朋友，请出来签收。’”

陈桉桉：“……”

“怎么样，是不是好记又有特色，还符合我们的人设？你的四句台词非常押韵，我的台词非常写实。”

陈桉桉：“……我可以拒绝吗？”

夏霁的腿支起，她整个人被他的胸膛和他的双腿困住。

陈白兔牌夹心饼干。

他的腰肢动了动，陈桉桉顿时像被电了一样浑身酥麻，立时举手投降。

夏霁无声地笑了笑，看来很长一段时间，“他快不快”已变成让她低头的最佳问题。

虽然这样的他有那么一丁点儿不要脸，但是在爱情里，要脸能有什么用呢？

陈桉桉住在客房里，但是每天晚上夏霁都会溜进去抱着她睡觉。

她睡觉的时候很沉，打雷都劈不醒的沉。夏霁轻手轻脚地走进去，将她连人带被子一起卷进怀里。陈桉桉咂咂嘴，翻身往他怀里钻，过了会儿，嘴还在动着，呓语不断。

夏霁耳朵贴过去才听见她说的是什么，翻来覆去就是这一句——“小兔子乖乖，在家里等男朋友回来……”

静谧的夜里，他的心跟着星星、月亮一起沉沦。

“乖，在家等我回来。”

3.0

夏霁走之前的那个晚上，陈桉桉失眠了。

她翻来覆去的睡不着，在床上滚来滚去，夏霁站在门外边等了半天也没看出来她有要睡觉的迹象，抬手一看手表，凌晨十二点三十三分，他明天还要早起，不能等了。

于是在陈桉桉再次从大床左边滚到右边时，门“砰”的一声被打开，站在门口的高大男生手里捏着个狼牙棒气球：“不许动，抢劫了。”

陈桉桉愣了愣，迅速坐起来，把在床上翻滚时扯上去的睡衣拉下来：“你怎么还没睡？不是要早起走吗？”

她虽然长得娇小，但从小运动打下的底子很好，身材紧致匀称，方才腰间露出来的那一小截又细又白，晃得人眼热。

夏霁不想告诉她，在过去的那几天里，自己夜夜像个贼一样往她屋子里钻，不敢盖被，只隔着被子抱着她入眠。

他轻咳一声，严肃认真地说：“你滚来滚去的声音太大，吵得我睡不着。你也知道我明天早起，所以为了让你安静下来，我要对你采取强制措施了。”

“什么强制措施？”

夏霁扔了狼牙棒气球，几大步走到床边，掀被扯人抱进怀里，动作行云流水，等陈桉桉落在他怀里时，他已经抖开被子将两个人都裹了起来。

“这下看你还怎么滚来滚去。”

他声音很得意，还有一点儿幼稚。

她也不是第一次被他抱着睡，只是来之前做的心理建设让她本能地躲避，现在为了让他睡好，明天精神饱满地去机场，所以，抱一晚就抱一晚吧！

夏霁从她身后环住她，手无意识地扣在她小腹处。

“晚上没吃好吗？肚子怎么这么瘪？”他的手往下按了按，陈桉桉“嗯”了一声。

他怀抱温暖，渐渐地生出几分困意来，她的声音也变得软软的。夏霁的手顺着方才撩开的衣摆往上探，轻轻地触碰着她的腰肢。那儿和他想象中的一样，触感滑腻，又细又软。

从小腹处绕到后腰，稍稍往下，可以摸到两个凹下去的可爱小窝。

他觉得身体的每一处血液都在疯狂叫嚣着、翻腾着，鼻息渐渐地加重，喉咙干涸，她是解救他的冰川。

深深地呼吸几次，他将手抽出来，将衣摆抚平，头凑近了些，更紧地拥抱住她。

怀里的人翻了个身，手环住他精瘦的腰身，头窝在他胸前。

“夏霁，再等等好吗？”

她的声音有点儿抖，刚才可能被吓到了才没敢动，他失了平时的机警，居然一点儿也没发现。

“好。”他低声喃喃，亲了亲她的额头。

陈桉桉醒来之后，夏霁已经走了。

她昨晚睡得实在不好，前半夜忧心忡忡，后半夜紧张羞涩，天快亮了才睡着，一睁眼十一点了。

迷迷瞪瞪地洗漱完，她一脸丧气地吃了夏霁留的早餐才总算活了过来。

她走到阳台上，外面一片白。今年真正的第一场雪下了，就在他们相拥入睡的昨夜。

夏霁走的第一天，她想他。

手机关机了，陈桉桉找了充电器插上，开机之后立马无数条消息进来。

【夏猪蹄子：宝宝我走了，你睡醒了记得把早饭吃了，我已经做好放在冰箱里，你拿出来用微波炉热一下就行……等一下，你会用微波炉的吧？】

【夏猪蹄子：我已经和叔叔会合了，正往机场赶，太早了，路上没怎么堵车。】

【夏猪蹄子：我到机场了，准备过安检。】

【夏猪蹄子：对了，外面下雪了，你要是出门就戴我的围巾，不许不戴，要拍照给我检查。】

【夏猪蹄子：登机了，估计我下飞机时，你才会醒。】

爹系男友，就是这么絮叨又操碎了心。

陈桉桉看着那新换的称呼，脸有点儿烧。摸一下腰，第二天就叫人宝宝，男人果然都是猪蹄子。

【陈可爱：恭祝吾皇登基，万岁万万岁。】

将夏霁换下来的衣服扔到洗衣机，又手洗了自己的内衣晾好，陈桉桉拿出单词本做十分钟的速记。

时间刚过一半，门铃响了。

陈桉桉放下单词本走到门前，从显示器里看到外面是一个长相妩媚、身材高挑的大美女。她刚想开门，突然想起之前夏霁的突击教育，清了清嗓子："小兔子乖乖，在家里等男朋友回来。门外是来送小麦，还是送大白菜的？"

门外美女的表情僵住，随即爆笑，声音非常魔性。

"哈哈哈哈，夏霁打哪儿找来的活宝？小妹妹，我不送小麦，也不送大白菜，桂芳斋的红豆酥要不要？"

桂芳斋的点心是A市的特产，要排队几个小时才能买到。陈桉桉吞了吞口水，坚定地摇头："不开不开我不开，男朋友没回来，谁来也不开。"

"哈哈哈哈哈，什么鬼？哈哈哈哈……你是想笑死我，继承我的AJ吗？哈哈哈……"美女拍着墙壁狂笑。

要是平时，陈桉桉也不会做这么中二的事，实在是那晚被夏霁茶毒坏了，睡觉都在背暗号。

美女笑够了，掏出手机打了个电话："没开机，夏霁那个狗子。"骂了一句又拨了另一个号码，"喂，二婶，我来夏霁这儿了，但是，嗯……夏霁养的小女朋友不让我进去，哈哈哈……怪有意思的……嗯，好。"

过了半分钟，陈桉桉的手机响起。

她盯着滚动的备注名字，按下接听键的手都有点儿抖。

“喂，夏阿姨……”

“桉桉呀，门外面是夏霁的堂妹夏天。哎呀，夏霁跟着他小叔叔去邻市比赛，家里阿姨这几天回老家了，刚好夏天在家里闲着，我就让她过去几天，没想到你在呢……”夏母在电话里笑了几声，“早知道，应该提前告诉你一声的，没吓到你吧？都怪夏霁，也不告诉我一声你住到他那里去了……等什么时候到家里来，阿姨给你做好吃的……”

陈桉桉支支吾吾的，说不出话来，脑子已经彻底被炸掉了。

完了……

她和夏霁的奸情，不对，恋情曝光了。

等支支吾吾地接完电话，陈桉桉立马跳起来打开了门。

夏天上来就一个熊抱。

他们夏家的人都个高腿长，夏天身高有 172cm，陈桉桉和她差了一个头。

“嘻嘻，你好啊，小嫂子。”

4.0

夏霁上学晚一年，陈桉桉上学早一年，所以他们两个差了两岁。而夏天只比夏霁小一岁，算起来比陈桉桉还要大，听她一口一个“小嫂子”地叫，陈桉桉可不好意思了。

“那个，你叫我桉桉就行。”

“那可不行，被夏霁那个狗……我是说，被我哥知道了，这是大不敬，不好不好。”夏天风风火火地将自己的包放到客房，一见里面陈桉桉的东西，非常惊诧，“小嫂子居然不和我哥住一起吗？”

陈桉桉：“没……没住在一起。”

昨晚那是意外。

之前那几次，咳咳，也是意外。

“等会儿出去逛街吧，我刚回国，在家窝了好几天，都没什么衣服穿呢！”

趁着夏天哼着歌去逗狗，陈桉桉把手机抓过来。

【夏猪蹄子：朕今夜不在，等回了，爱妃再来侍寝。】

他这是回她上一条的，看来他已经到了。

【陈可爱：你堂妹过来了，现在在家里了。我……夏阿姨好像发现我们在谈恋爱了，怎么办啊？夏霁……】

夏霁没再回，直接打了电话过来。

“夏天来陪你也好，不过你不要和她说太多话，她可不像你男朋友我这么和蔼可亲。至于我妈那边，桉桉，我可以明确和你说，除了你，我从来没想过和别人在一起过。我家里应该早就有这个觉悟了，所以你不要慌，好好和夏天玩一玩。”

陈桉桉咬着唇，低低地“嗯”了一声。

“乖，不要胡思乱想，有我呢！”

“嗯……你好好照顾自己。”

“爱妃，叫一声皇上哥哥。”

陈桉桉呼吸一窒，“啪”的一声把电话挂了。

听着耳边传来的忙音，夏霁失笑，扶着行李箱走出机场。

夏叔叔全程听到他的话，也说不清心里什么感觉，千言万语在脑中转，最后也只是问：“你想好了？”

夏霁淡淡地笑：“从填志愿的那一天起，叔叔早该知道我的选择。有人愿意做光芒万丈的太阳，但我只想做一颗星。”

他不想孤零零地散发光芒，只想有人为伴，安稳又热烈地过完这一生。

陈桉桉是站着出去的，回来时一进门，腿软得差点儿跪在地上。

夏天提着大包小包进来，摆了满满一地，仍双眼冒光：“我觉得下午看的那家店的吊坠也不错，小嫂子有没有K金的小链子可以搭一搭？哎呀没有，明天再买好了。”

陈桉桉刚站起来又想跪下了，明天还去？

夏天兴致勃勃地拉起陈桉桉，将买来的衣服一件一件给她试，试一套拍一张照片。

“我哥要是看到你这么可爱，该有多么的心动。但是他人在外地不能回来，该有多么的焦急。在这个寂寞的冷夜里，他该有多辗转反侧，不能自已……啧，想想就开心。”

陈桉桉身上穿了套家居服，粉色配白色，毛茸茸的，兜头帽子上还有两个长长的兔子耳朵。

夏天在商场一看这套家居服就激动得迈不开腿："可爱可爱！超可爱！"

穿着这套衣服的陈桉桉是很可爱，所以夏霁一看到照片就立刻保存下来，设置成了新壁纸。

【夏季：我警告你，不要和她说一些有的没的，不然我就把你家的手办都送给幼儿园小朋友。】

【夏天：明白，了解，OK的。】

扔掉手机，夏天扯了扯陈桉桉的兔耳朵："说起来，我可不是第一次见到小嫂子了。几年前，我去二叔家，在夏霁书房里就看过你的照片，看起来也就是六七岁的样子，当时我就想，这么小就这么可爱，长大了，肯定是个小美人。"

陈桉桉"啊"了一声："夏霁怎么会有我小时候的照片？"

"天哪！你不知道吗？我以为你知道的。"夏天捂着张大的嘴，懊恼得连连摇头，"看我，无意间泄露了我哥的隐私，真是过分。"

"没关系，我不会说出去的，你也是无意说的。"

"那就好。"夏天拆开一包芒果干，一边往嘴里塞一边说，"虽然说起来他很多地方不如我，但到底身上流着夏家的血，他勉强算得上优秀吧！我其实还挺好奇什么样的女生能将他收服。"

陈桉桉有些郁闷地干笑着："那看见我，你是不是很失望？"

夏天将脑袋摇成拨浪鼓："完全不会，而且很理解他的选择。眼缘这种东西真的很难说得清，我一眼看见你就喜欢，基因排列组合和我类似的夏霁肯定也喜欢。我可以保证，我全家都会喜欢你，你可以展望一下未来过于融洽，融洽到夏霁都会吃醋的豪门婆媳、姑嫂关系。"

陈桉桉眼珠转来转去，方才的忧愁神色散得一干二净，很明显是把她这话听了进去。

夏天笑眯眯的，像一只小狐狸。未来夏霁会因为跟她抢小嫂子抢不过气到跳脚，想想也是很欢乐的人生体验呢！

五天后夏霁回来，夏天离开这儿，直飞巴厘岛去玩儿。要不是陈桉桉还在上课，可能夏天直接把她拐走了。

在机场交接陈桉桉时，这对高颜值的长腿兄妹差点儿打起来。

"小嫂子这几天和我玩得很开心，都没提起你呢！"

"你马上就要走了，无关人员。"

"小嫂子这几天都和我一起睡的呢！"

"你马上就要走了，无关人员。"

"小嫂子还给我下厨做饭了呢！"

"……"

夏霁扭头看着陈桉桉："虽然她是无关人员，但你也不能想着毒死她吧！"

陈桉桉："……"

"说话这么刻薄、这么欠揍的男人不能要，你找的是男朋友，不是对方辩友……天啦噜！飞机快飞了！夏狗，我们下次再战！小嫂子，爱你哟！"

夏天迈开长腿飞奔着去登机，陈桉桉有感而发："你们兄妹两个……还挺特别的。"

夏霁把她抱在行李箱上，推着往出口走。

人潮在后，心上人在前，这个冬日也透出几分温暖。

"她喜欢你，我特别喜欢你，所以我们兄妹确实挺特别。"

十二

焦部长：我能想到最浪漫的事，就是你解剖来我递刀

lovely girl

1.0

在之前夏老师的传道授业解惑下，陈桉桉这次英语四级考试发挥得非常不错。

听力能听懂大概百分之七十，后面的翻译虽然有两个单词卡壳儿了，但总体翻出来了，单词部分她有信心不会丢多少分，所以这次肯定稳了，她简直喜极而泣。

这么大的喜事，陈桉桉却没法和夏霁庆祝，因为夏霁又开始忙起来了。

自上个月从隔壁市回来，他除了平时一些专业课一定去之外，其余的都是能不上就不上，一头扎进击剑的训练中。周六、周日两天时间，他干脆回家去夏叔叔的击剑馆。

一月末，夏霁有一个非常重要的比赛。以前他参加过不少比赛，但从没有过像这次这样的高强度训练，陈桉桉隐隐地有点儿不安。

周一到周五，除夕和初一被寄养在宠物店，周末陈桉桉就过去喂它们。也只有在这个时候，在夏霁的公寓里，她才感觉到生活不是飘浮在半空中，而是还在踏实地向前。

很多人之间的关系也在向前，随着生活在变化。

比如她和夏霁的 CP 粉头文艺部部长最近恋爱了。

说恋爱也不对，是文艺部部长单方面地追人家男生，但是没追上。

她找到陈桉桉说这件事的时候，陈桉桉满脑袋问号：“居然会有男生拒绝你……审美这么扭曲的吗？”

文艺部部长曲着长腿托着腮，满脸哀愁，一点儿也不像她：“大概爱情都是要在磨难中成就的吧！这是我注定的劫，逃是逃不掉的。”

陈桉桉摸了摸胳膊上的鸡皮疙瘩：“所以他是谁啊？”

“隋阳啊！”

陈桉桉恍然大悟，那就难怪她会被拒绝了。

陈桉桉对隋阳的第一印象来源于夏霁他们那个寝室群“吃枣药丸门诊部”，隋阳的群名叫“生殖科—送子观音隋大夫”。

她当时还很好奇，跟脑子里有十万个为什么的小朋友似的问夏霁：“生殖科和送子有什么关系？”

夏霁摸了摸她的狗头，和善地笑了笑，就和她小学拿奖状回家时爸爸脸上的笑一样：“小孩子家家的，不要谈论大人的话题。”

后来等她和“吃枣药丸门诊部”的另外几人第一次正式会晤，见到隋阳本人，才知道他那个群名片的深刻含义。

单纯论长相，隋阳是不及夏霁的，但也是五官端正、身材挺拔的帅哥一枚，再加上身上有股谜之气质，就那种笑起来让人如沐春风的气质。

落座的时候，夏霁友好地提醒了一下：“隋大夫，麻烦你收着点儿你的向日葵笑。”

隋阳以拳抵唇轻咳了一声，揉了揉脸，对着陈桉桉点头：“三嫂好，我是我们寝室的老四，叫隋阳。”

他真的是人如其名，就像太阳一样，比空调暖风热无数倍。

他最厉害之处就是身边永远围着女孩子，且每一个都不是他女朋友，但每一个都对他笑吟吟的，有几个经常同框出现的女孩还建了个后援会，没事儿就出去一起聚餐。

这件事一度成为A大的三大奇观之一。

说他是“中央空调”确实不足以形容他的能力。

据说隋阳是因为之前受过情伤，后来才慢慢地变成这个样子的。陈桉桉也好奇地问过夏霁，夏霁只说有这么一回事，但主要还是靠隋阳的天赋，因为一般受情伤的人是修炼不出隋阳那种境界的。

隋阳最喜欢挂在嘴边的一句话，就是经典情景喜剧《武林外传》中佟湘玉的这一句：“什么情啊爱啊，男男女女的，不健康。”

这样气质的隋阳太容易招桃花，也太容易让桃花伤心。

陈桉桉想了想，问：“你是因为什么喜欢上他的？因为他那个招牌的向日葵笑？”

文艺部部长摇摇头：“他平时笑，我就觉得整个一智障，顺带着觉得学校所有迷恋他的人都是智障，现在……咯咯，真香。”

“那天不知道怎么了，他脸上没一点儿笑，眼底全是难过，从校门口走回来，跟天塌了一样。他那个忧郁的样子有点儿像梁朝伟，我活这么大，可是第一次碰上有这种气质的。你也知道我是看脸长大的，那就该上就上了，爱咋咋的。”

2.0♡

文艺部部长是东北姑娘，性格直爽，骨子里还有着坚韧不拔的优良品德。

毕竟没这种品德，在冰天雪地的东北真的难熬。

她追隋阳，没那么多迂回的套路，而是直接堵到了医学院2号楼的楼下，叫住了在一群莺莺燕燕中说笑话的隋阳。

“这位同学好像不是我们院的，是在校园里迷路了吗？”

文艺部部长摇头：“是在你心里迷路了，隋阳同学，你不负责一下吗？”

“哇哦——”人群里顿时爆发出起哄声，那群莺莺燕燕竟然跟着吹口哨，而且看起来比别人都激动，这后援会的素质教育真的是一流了。

隋阳在应对这种事时很明显游刃有余，整了整身上白大褂的衣袖，谆谆教诲道：“同学要是生病了，身为未来的医生，我有责任帮你医治，可眼瞎这种病无药可医，同学干吗把时间浪费在我这种烂人身上呢？”

文艺部部长这才知道为什么隋阳那么伤人还没人恨他。

因为他太直白了，不藏着掖着自己的坏，比那些道貌岸然的伪君子不知道要好多少倍。

这一刻，文艺部部长和其他迷恋隋阳的后援会成员一样沦陷了。

始于颜值，忠于人品（画掉）。

文艺部部长扔下一句狠话，潇洒地转身走了。

“我除了美貌之外，最大的优点就是有一大把时间等我挥霍。你等着，我迟早让你这摊烂泥堆在我脚下，可怜巴巴地求我收了你。”

狠话这种东西，听着有气势，但实质上，除了给自己打气之外没有任何用。

文艺部部长穷追猛打了一周，隋阳就和一团棉花一样，打不到，没反应，偶尔急了还要搔得她鼻子发痒，想打喷嚏。要不是顾忌着影响不好，她都想用肉体勾引他了。

“敌方实在是太顽固，盲目的攻击不奏效。陈主席，你帮我和夏老大打听打听，看看隋阳有没有什么特别的爱好和弱点，我好对症下药。”

“你别叫我陈主席了，叫我名字就好。”

“好的，桉桉。”文艺部部长凑过来，眼睛眯着，危险地问，“那你还记得我叫什么吗？”

陈桉桉沉默了半分钟，拿出手机：“……那个，我帮你问问夏霁。”

文艺部部长：“呵！”

夏霁刚好在午休，回得很快。

【夏猪蹄子：你问他做什么？】

【陈可爱：有人想追他，不追到就誓不罢休的这一种。】

【夏猪蹄子：他的弱点是方若琳，他前女友。还有一个应该也算，他家信佛的，怕杀生，每次解剖活体都不敢下手，拖到别人都走了之后留堂，一边哭一边杀，我之前回去拿东西时撞见过一回。】

陈桉桉脑补了一下那画面，笑出了声，把这两个弱点如实和文艺部部长说了。

“很好，那下一堂他们班的活体解剖课，我就可以‘无意’撞进去了，嘻嘻嘻……”文艺部部长苍蝇搓手，仿佛已经看见隋阳抱着她大腿求她再爱他一次。

“你怎么不从方若琳下手？毕竟方若琳才是他变成那样的源头，擒贼先擒王嘛！”

文艺部部长顿了一顿，笑得很明媚：“我这人虽然没什么节操，但底线还是有的。捏着人的伤口、戳着人的心，拿他的过去来要挟我和他的未来这种事，我是不会干的。”

这一刻，陈桉桉突然觉得，这个看着大大咧咧、时常脱线的姑娘比谁都活得通透和洒脱。

喜欢就去追，追不上继续追，反正追一追又不会长肉。

但是不追，她一定会后悔。

用今天一时的懒惰和退却为将来的后悔买单，划不来的。

3.0♡

复制了一份医学院解剖室的使用时间安排表，深刻地学习了下活体解剖的基础知识，入手了一条今年最流行的金色吊带裙，文艺部部长从头到脚、从外表到心灵全方位地武装完毕，准备出发去医学院 2 号楼。

陈桉桉眼看着她把精心打理的长卷发松松地绾起，再在吊带裙外套了件大大的羽绒服，疑惑地问道：“你怎么不直接穿过去？”

“那多没惊喜！我要用我的内在让他感动，等他神经松懈的时候再美艳无方地出现在他面前，他就会激动的。”

陈桉桉：“学习重点了。”

在外人看来，医学院的几栋教学楼都是自带鬼故事 BGM 的，一进去就让人脊背发凉。

而文艺部部长像是古代执行任务的女杀手，黑色长款羽绒服的大帽子扣下来，遮住大半张脸。她把地图都打印了一份，拿着红笔勾出目标所在地，一路小跑着溜过去。

监控室里，值班的保安放下保温杯，将医学院 2 号楼三层的界面放大，就见到一个鬼鬼祟祟的黑影探头探脑的。

保安立刻拿出对讲机：“喂，小李，快叫人到医学院 2 号楼三层，有个可疑人员出现。”

最近有不少高校出现到厕所偷拍的变态，A 大之前没有，但他们也不能掉以轻心。

那个人的打扮就很变态了。

文艺部部长对即将到来的危险一无所知，躲在楼梯间看着解剖室的同学们三五成群地出来。

人群里，她看见了匆匆离开的夏霁，依旧是个高腿长颜无敌，可曾经让她萌得不要不要的真主此刻在她眼里黯淡无光，就跟一颗鱼眼珠一样，里面那个马上要哭唧唧的人才是她的珍珠。

走廊里一下安静下来，文艺部部长猫着腰跑过去，踮着脚扒在窗户边上，小心翼翼地露了半个头，暗中观察.jpg。

里面隋阳果然在，上边讲台上坐着的教授显然已经轻车熟路了，拉了把凳子喝茶等他。

隋阳手里拿着把解剖用的小刀，盯着面前笼子里的小白鼠，高大的身体抖得和过了电一样。

教授第N次问出心底疑惑："我说你这么怕杀生，干吗还来学医？"

隋阳上下牙直打战："填志愿的时候一个手抖，输错了系名。"

教授感叹："这大概就是你的宿命吧，手别抖，越抖，它越痛苦。"

隋阳暗自告诉自己是蓝孩子，要坚强，不能哭，可最后还是没跳过每逢解剖课一哭的惯例，一边从笼子里抱出小白鼠，一边啜泣着："佛说，早死早超生，我先送你下去，下辈子投胎不要做小白鼠，做只猫吧……你不要怪我啊……呜呜呜……”

饶是文艺部部长做足了心理建设，还是被这画面感十足的一幕惊到。

准女友滤镜十层，她一点儿也不觉得他可笑，反而觉得他反差萌，好可爱。文艺部部长摸出手机，打开相机，镜头对准隋阳就要拍，突然一阵大力从后面传来，一把把她按在了墙上。

“别动！就知道你是来偷拍的变态，这下抓了个正着吧！”

这一声“咣当”的响声吓了隋阳一大跳，手一松，小白鼠跳下去，“吱吱吱”地跑出门。

他扭过头，脸上还挂着泪，见到窗户玻璃上贴着一张五官快要移位的脸。

文艺部部长绝望地闭上眼，心都在滴血。

佛说，要坚强。

4.0

隋阳领着文艺部部长从保安室出来时，红霞已经漫天了。

A 大的保安非常尽职尽责，不放过任何一个可能危害到校园的隐患。文艺部部长被带进保安室里后再三强调自己只是去泡男人，不是做变态。

保安小李很年轻，很八卦：“那你把当事人叫来，一对质就清楚了。”

文艺部部长本来已经绝望了，但在隋阳进门的那一刻，这种绝望的情绪又转变成熊熊燃烧的斗志。

保安小李询问：“院系，年级，姓名。”

“医学院 2016 级 3 班，隋阳。”

文艺部部长举手接话：“别名叫我男朋友。”

保安小李“呵”了一声：“还有姓‘我’的，少见。”

“隋阳同学，请你仔细地辨认一下，认不认识你身边的人？”

隋阳一出解剖室就自动恢复正常，上下左右、仔仔细细地打量了一遍之后点头：“认识。”

“那你们是什么关系？”

文艺部部长抢答：“男女朋友关系。”

保安小李继续“呵呵”，转着笔问隋阳：“这位同学说她拿着手机去解剖室外面是为了拍你，你们要是没关系，她这种行为算偷拍，侵犯个人隐私，要严肃处理；要是真的男女朋友，那就是你们内部问题，你把你女朋友领回家教育吧！”

佛说，救人一命胜造七级浮屠。

隋阳点了点头：“是我女朋友。”

保安小李：噫……

文艺部部长差点儿就要跪了，什么叫作峰回路转？什么叫作心诚则灵？这就是了！

她默默地朝保安小李投去感激的眼神：大哥，我会永远感谢你的。

A大有一个湖，湖心有座桥，因为前面就是中文系的教学楼，这座桥建得颇具古意，一下雪就是“断桥残雪”。

文艺部部长仗着自己女朋友的身份，一把挎着隋阳的手臂。

她其实有点儿紧张，很怕隋阳抽出手，云淡风轻地和她说：“我刚才只是想帮你，佛说，什么爱情不爱情的，不值钱的。”

好在隋阳没什么动作，任她挽着他的手，她这才彻底安心下来。

“其实我去解剖室是想和你一起解剖的，你解剖来我递刀，多好多和谐。为了追你，我还学了点儿解剖学的基础知识，准备你要是下不去手，我就从背后温柔地抱着你，抓着你的手，对你说：‘小宝贝，刀要稳，人要狠。’”

文艺部部长一边脑补那个画面一边笑得花枝乱颤，而隋阳伸手将她羽绒服的拉链拉到顶端，又把她的帽子扣下来。

她的笑声顿住。

他在笑，笑得一点儿也不像向日葵，声音清清朗朗的：“既然你这么厉害，下次你替我去解剖吧。古有木兰替父从军，今有焦阮代男朋友解剖白鼠，听起来还挺感人的。”

陈桉桉听捧着脸、一脸娇羞的文艺部部长说起她和隋阳在一起的过程后，下巴差点掉下来。

谁能想到软硬不吃、刀枪不入的隋阳，就那么在一个保安的助攻下接受了文艺部部长。

“其实保安大哥只是辅助，隋阳后来告诉我，他是因为小白鼠因我的出现而从他手里逃生才对我改变态度的。他说，这就是佛家说的缘分，妙不可言。”

陈桉桉：“……”行吧！

后来，隋阳的那个后援会迅速变成了隋阳和焦阮两个人的后援会，迷妹们纷纷求她出撩汉教程。

文艺部部长送上四字箴言：“随缘就好。”

陈桉桉真的很怕她以后跟着隋阳双双出家去。

夏霁于忙碌中终于有一天陪她，听完她的话后笑出了声：“你真的以为隋阳那么佛系？既然那么佛，出家人还戒色呢，他怎么还会和焦阮在一起？”

“啊？”

“隋阳是三中的。”

三中是出了名的学渣和不良少年聚集地，大部分还都是富二代，整个学校乌烟瘴气的，升学率全靠家里送出国维持。而A大是国内可以排前五的大学，陈桉桉根本没法把正正经经考进来的隋阳和三中联系在一起。

“他在三中很出名，校霸人物，后来转了性去学习，身边一帮小弟跟着一起学，最后好几个都考了重点大学。”

隋阳和他那个前女友方若琳，就是在他没转性之前认识的。

方若琳和三中其他非富即贵的人不一样，纯学习不好，指着钓个金龟婿才考进来的。那时候的隋阳虽然做事比较狠，但人很低调，又是外省过来读书的，方若琳单纯看他的脸和他在一起，后来被一个开法拉利上学的胖子撬走了。

隋阳受了打击，人也跟着清醒过来。

家里有矿的中二少年称王称霸的路终结，从此好好学习，天天向上。

隋阳凭自己的努力考上A大，虽然填错志愿，但他爸妈乐疯了，多少年没干过好事的儿子终于让他们扬眉吐气了一把。隋家包了他们当地最高级的会所办了三天流水宴，花了百万进去，方若琳听见消息才知道自己干了什么蠢事，来A大找了隋阳几次。

要说之前隋阳还对她有那么一丁点的情愫，几次之后就再也没有了。

焦阮见到的阴沉着脸回校的隋阳，就是最后一次见过方若琳的隋阳。

少年断了对青春最后的一丝怀念，和过去彻底告别。

年纪小的时候有无数个明天，错了还可以回头，走偏了还可以绕回来。

隋阳从夜色里走出，撞见了暗暗盯着他看的焦阮。

那是明天的实体，他可望又可及。

十三

全员向：那些女孩教会我做的事

lovely girl

1.0

陈桉桉在上大学之前没有住过校，对寝室生活充满期待之余，也有些紧张。

但这种紧张情绪，在她第一次到D区616寝室时，在飞奔而来的室友的拥抱下彻底烟消云散。

女孩留着一头齐耳的短发，一身简单的运动装，英姿飒爽到不行，一见到跟在陈桉桉后边将行李箱搬进来的夏霁就睁大眼看着他："哇，我居然有这么高的室友，小姐姐你吃什么长大的？"

夏霁手一抖，举在半空中的行李箱差点儿掉下来。

这个热情的室友近视七百多度，眼镜忘记带过来，一米之外男女不分。

她叫汪年，从此夏霁看她总不顺眼。

毕竟这么多年，认错他夏老大性别的，她还是第一个，简直侵犯了他的灵魂。

很长一段时间，陈桉桉对汪年的记忆点就是三个：运动、八卦、爱吃狗粮。

陈桉桉和夏霁的这段恋情，从开始到发展，从发展到高潮，每一步汪年都仔细地挖掘，然后吃狗粮吃得津津有味，吃完还要遗憾地叹口气："你说我要是高中跟你一个学校多好，能亲眼见证这段绝世爱情。"

汪年也是A市人，只不过和陈桉桉一个在城南，一个在城北。

而运动对汪年而言，就和吃饭一样是每天必须做的。

她天不亮就起床，雷打不动地早起晨跑五千米，晚上上完晚自习就去健身房，卷腹、撸铁样样不落。

那人鱼线看得陈桉桉都心动，只是她跟着练了两天就“阵亡”了，腰酸背痛了一周才缓了过来，对汪年的敬佩程度直接飙升到了顶峰：“你是怎么坚持下来的？”

“为了部落，德玛西亚！”

陈桉桉：“……”

汪年是中文系缺课最多的学生，每个月末年级缺课名单表上都有她的名字。她有比赛的时候去参赛，没有的时候就歇着，活得简单快乐。

她参加的是马拉松赛，国内、国外的，但凡有比赛，她全都去。

汪年说，她的梦想是让脚印留在地球上的每个角落，让眼睛看见这世界上的每处景色。

大一下学期的体测考试，跑八百米的时候，陈桉桉低血糖犯了，晕倒在地。

之后的事情她印象很模糊，只在颠簸中撑着眼皮看清背着她的是夏霁，后来她才知道，看她在跑道上摇摇晃晃地栽下去时，汪年第一时间冲过来，一看夏霁也过来了，汪年又折身飞快地跑向医务室去找医生、找空床，像一阵飓风一样，席卷着呼啸而过。

等陈桉桉醒过来后，夏霁说起这件事，少见地对她说了汪年的好话："你室友对你还挺好的。"

陈桉桉捧着飓风·汪席卷从奶茶店买来的热可可，小口小口地喝着，浓郁的甜味缓解了身体的无力，她弯了弯眼："放在古代，汪年一定是个行走江湖的侠女，路见不平，拔刀相助，对朋友肝胆相照，两肋插刀。"

汪年右手总戴着一条手链，只有洗澡的时候才会摘下，就好像那条手链才是她的本体一样。

很简单的一根皮套编绳，上面挂着一颗深蓝色的星星，看着很有异域风情，多看一会儿，还觉得里面微微地闪着光。

陈桉桉喜欢月亮，喜欢星星，有一次盯的时间久了，眼神都有些直勾勾。

汪年坏笑着冲上去揉她的脸："我们桉桉可真可爱啊！"

一揉脸，陈可爱嘟嘟嘴就更可爱了，汪年又笑嘻嘻地摸了一把她的脸，作为报酬把手链解下来，小心翼翼地拿到她的眼前。

星星坠子是用一种特殊的石头打磨的，像是钻石一样有无数个切割面，才会在有月亮的夜里微微地泛着光，做得精致又费心。

"高三那年，吴哥王朝马拉松开跑，我爸妈觉得我在浪费复习时间，不许我去，我最后管我外婆借了钱偷偷搭飞机去了。我在小酒馆碰到了阿星，她的情况和我一样，也是背着家里跑出来的。我们一见如故，做了朋友，结伴一起去那次的跑马。"

跑完全赛之后，两个在异乡相逢的女孩儿去了吴哥窟，去寻老电影里的光影。

临回国前夕，阿星将她的手链送给了汪年，约好第二年九月A大见。

“那后来呢？”

“后来，我再没见过她了。她所有的话都是真话，只不过她没告诉我她得了病。在从吴哥回去的那一年，她就过世了。她说这条手链是她做雕刻家的姑姑做的，她从小戴到大。我想她把它送给我，是想让我完成她的梦想。”

跑到天涯海角，看遍世间所有美好。

从此汪年戴着手链，跑过一个又一个地方。

她要每一次奔跑，阿星都看得到。

少女去了远方，但梦想永不会老。

2.0

陈桉桉读高中的时候，性格可以归于“文静乖巧”这一类，这类人有很明显的特质，就是沉闷又无聊。

他们的朋友是元素周期表，亲戚是三角函数，陌生人是那一大批同学。

陈桉桉能做到高中三年下来还能收获几个朋友，全靠和夏霁的绯闻八卦死撑。

上了大学之后，她整个人都变得开朗有趣（和从前相比），随时随地接梗抛梗无压力，除了夏雾的思想教育之外，还有一个人功不可没。

那就是住在陈桉桉对床的乔筝。

乔筝身材纤瘦，却胸是胸，屁股是屁股，凹凸有致，面容精致得比娱乐圈的明星还漂亮，平时又爱打扮，各种小裙子、紧身衣勾勒得腿长一米八，看得陈桉桉她们都捂嘴哭泣：“你的腿才是腿，我们这个就是代步工具吧！”

大美人向来是人群的焦点，可这个美人却是脾气暴躁，一点就着。

寝室四个人第一次出去聚餐，隔壁桌一个男生时不时地偷瞄乔筝的胸部，还和旁边的男生窃窃私语。

这种事很常见，对方又是清一色的肌肉男，她们碰到了也不能怎么样，当没听见就算了。

结果吃着吃着，陈桉桉就见乔筝从红油锅底里捞了一碗牛丸，端着走到旁边那一桌，“啪”的一声摔到那个男生的面前，牛丸爆浆，喷得他一身都是。

“长眼睛是用来看东西的，不是用来犯贱的。”

那男生气势汹汹地站起来：“你自己穿成这个样子还怪别人看？”

“那你长成这个丑样子，恶心得人吃不下饭，还怪我摔碗吗？”

“哈哈哈哈……”

火锅店响起一阵哄笑声，乔筝踩着细高跟鞋摇曳生姿地走过来，那男生又气又恼，脸涨得通红，匆匆地付了钱就走了。

“这世上总有一些白痴言论，说什么女孩子被骚扰就是因为穿得暴露。笑话，就我这身材，我就算套个麻袋，照样 slay 全场。碰到这样的人，一定要狠狠地骂回去，不能助长他们的气焰。”乔筝优雅而又迅速地夹起锅里最后一片肥牛，补充道，“当然了，我说的是在保障自身安全的前提下。你们几个要是碰上这种事，可以拍视频发到网上让可爱的网友们抨击谴责他，我也可以拉我的粉丝们一起讨伐他。”

“那你刚才怎么不怕啊？”

“你有多少粉丝？”

陈桉桉和汪年提问二连，乔筝吃完后拿着纸巾擦了擦手：“我跆拳道黑带是开玩笑的？分分钟打得他叫妈妈。至于粉丝嘛，不多，也就两百多万吧！”

“妈耶！”

这时候，陈桉桉才知道，她这个高贵冷艳的室友是 COS 届的大神轻飏，日常直播撸妆就能分分钟破百万关注度。网瘾少女乔筝，彻底开启了陈桉桉另一个世界的大门。

刚开学，社团招新，乔筝去动漫社面试，一个人进去，一群人簇拥着走出来，社长立刻辞职，将位置让给了她。

“杂事都交给我，不用轻神操心，轻神开心就好……”平时沉默高冷的社长一副狗腿样，看得全社的人都愣住。

社长一冷脸：“愣着干什么？轻神驾到，都给我鼓掌！”

乔筝经常不在寝室，汪年就拉着陈桉桉边嗑瓜子边八卦：“你说像咱们轻神那样的人，谁收服得了？”

“没有人吧……乔筝她家里还挺着急，觉得她总打扮得奇奇怪怪的，自己家里习惯了，可以接受，别的男生就不一定了。据说她高中一毕业，她妈妈就拉着她相亲了，但每次都把相亲对象吓跑。”

大一寒假才过一半，寝室群日常聊天时，乔筝宣布了一件事：她有男朋友了。

其他三人一脸蒙。

乔筝的男朋友姓盛，也是别人介绍的相亲对象，是一家广告公司的设计总监。相亲地点在一家高档西餐厅，乔筝百无聊赖地往里走，可还没进门就被拦了下来。

“这位小姐，不好意思，不穿正装不可以进餐厅，这是规定，还请小姐理解一下。”

乔筝扯了扯身上COS萤草的服饰，绿色头发在阳光下发光：“这还不够正式吗？这可是我最喜欢的一套衣服。行吧，不让进，我就走了。”

“等一下。”浑厚的声音传来，一道高大的身影赫然出现，“这位小姐是我的朋友，能通融一下吗？”

工作人员一看男人，略想了想就放行了。

乔筝扫了那人一眼，长得高大儒雅，戴一副金丝边眼镜，整个人俊朗不凡。也不知道是他掩饰得太好，还是怎么样，她从他眼里没有发现任何嫌弃的情绪，倒是少见。

“乔小姐吗？你好，我是盛明朗。”

往常相亲的时候，乔筝只要打扮成平时去漫展的样子就可以击退十分之三的相亲男。

剩下的，是在听说她是跆拳道黑带后跑的。

“乔小姐平时有什么爱好？”

“我啊，打打跆拳道、玩玩语C（语言角色扮演）、做做直播什么的。”

“真是多才多艺。”盛明朗切好了牛排，放到了她面前。

乔筝刻意忽略掉切得好看的牛排，再接再厉：“我觉得做情人呢，最重要的就是陪伴，我过几天要去一个漫展，盛先生要一起去逛逛吗？”

“可以，不过你看我更适合COS茨木童子，还是妖狐？”

乔筝这辈子没有一刻这么惊讶，下巴都要掉下来了：“你居然也玩《阴阳师》？”

“不玩，不过为了你，做过一点功课。我个人觉得，萤草很配妖狐，你觉得呢？”

后来盛明朗真的陪乔筝去了漫展，还COS了妖狐。

他换装的那一刻，乔筝就彻底沦陷了。

在见到盛明朗之后，陈桉桉觉得说乔筝沦陷还是谦虚了，她那简直就是塌陷。

乔筝在面对所有人都是气场全开的金句女王，但是一转过头看着她的盛先生，就是一副纯情小女友的样子，脸上都挂着红晕，娇滴滴的："盛先生，你吃这个。"

她甚至收起所有小短裙、紧身衣，开始穿水手服、学生装。

"盛先生从来没想过改变我，可他都为了我去扮水冰月了，作为回报，我也想为他做一点点的改变，他那种衣冠禽兽应该更喜欢这类的吧！"

陈桉桉："……"

真是豺狼虎豹般相配的一对呢！

3.0

郑衣衫的所有ID都叫"一个普通女孩"，用她的话来说，自己就是扔在人群里，自己妈都一眼认不出来的那一类人。

她圆圆的脸，脸颊上是两团圆圆的红晕。乔筝叫她"小圆"，每次叫她，她都笑眯眯的，露出两颗尖尖的小虎牙。

郑衣衫和乔筝一样，也经常不在寝室，陈桉桉问过几次她去做什么，她都说去图书馆看书。

“昨天图书馆整修闭馆来着，小圆怎么去的图书馆，难道是挖了隧道进去的？”汪年贼兮兮地凑到陈桉桉耳边，“有猫腻。”

初春刚下了一场雨，一夜之间，A 市好像回到了冬天。

郑衣衫比往常更早起床，尽量不发出声音，穿好衣服，背上书包出了门。

从 A 大北门出去，往前走八百米左右是一片居民区，郑衣衫翻遍每个垃圾桶，将破旧的衣服装在一个袋子里，水瓶、纸壳装在另一个袋子里。七点，收垃圾的人会经过这儿，她将东西卖了换一些钱，再拿出自己钱包里的钱到旁边的宠物店买一大袋狗粮，最后走进便利店对面的废弃小厂房里。

她一进去，十来只半大的狗听见动静后从角落里涌出，兴奋地缠在她脚边，亲昵地拱着她的腿。

外面陈桉桉和汪年对视一眼，没有出声，悄悄地离开。

郑衣衫家境贫寒，下面还有两个弟弟，平时自己都省吃俭用，却用这种方法养活了十几条流浪狗。她做人做事都不愿意麻烦别人，只尽自己的全力。

陈桉桉和汪年也不敢告诉乔筝，她嘴毒，大概会数落一遍郑衣衫，说什么“你连自己都快顾不上，还有心情管狗！你这么圣母，狗血脑残剧你做女主好了”……

她俩商量着怎么帮一帮小圆，最里侧的床突然动了动，床帘掀开，乔筝扯下面膜，懒懒地打了个哈欠，把她俩吓了一跳。

“你不是去你男朋友那儿了？怎么会在寝室？”

“盛禽兽出差了，我回来休息几天，腰都要折了。”乔筝艰难地走下来，眼下发青，喝了袋牛奶后才精神了点儿，“她这么养着不是个办法。流浪狗不打针，还在外面养着，最容易得病。行了，我有主意了，等我再睡会儿就去办。”

她哼哼唧唧地站起来：“你俩再玷污我和小圆纯洁的室友情，小心我拔刀。”

轻飏大神一出手，粉丝群倾巢而动，奔走相告。

一个月时间，小厂房里的流浪狗都被领养走了。奔波这么久，得到过短暂的温暖后，它们终于有了自己真正的家。

小圆哭成了泪人，乔筝扶着腰站起来，走了两步又停住：“你看我现在和二级残废一样，你主动点儿过来，让我这个帮你的好心人抱着你安慰安慰你成吗？社会新闻里的大和谐结局不都是这样的吗？”

小圆啜泣着扑到乔筝怀里，乔筝嫌弃地撇嘴，手却绕到她背后轻轻地拍着。

陈桉桉红着眼，拍下这一幕。

【陈可爱：那些女孩教会我做的事——永远有梦想，永远不妥协，永远善良且纯真，做永远可爱的少女。[图片]】

朋友圈一发，很快就收到了评论。

【夏猪蹄子：那那个男孩教会你什么了？】

【郭铭昊：……夏霁你是不是对陈桉桉的动态设了什么卫星定位？怎么手速这么快？你又不单身。】

【叫我轻飏大人：姐姐爱你哦，少女。】

【叫我轻飏大人回复郭铭昊：其实不单身，手速更快［微笑］。】

【汪汪汪回复叫我轻飏大人：放我下来，这不是开往幼儿园的车。】

【郭铭昊回复叫我轻飏大人：……】

【盛先生回复叫我轻飏大人：我快下班了，去接你。】

【叫我轻飏大人回复盛先生：噫……】

过了很久，陈桉桉才出现。

她没有单单回复夏霁，而是直接评论，让所有好友可见。

【陈可爱：感谢那个男孩教会我怎么样去喜欢一个人，我学会了，我喜欢他。】

十四

陈紫霞：我的意中人，是个盖世英雄

1.0

陈桉桉觉得，她和夏霁的恋情不只是在夏家曝光了，在她家也曝光了。

不然她实在是想不出她爸是出于一种什么样的心态，在夏霁要出发去 × 省比赛之前，给她塞了个学生，叫她帮他补习英语，每天都补，而且是上她家来补。

这就让她没有机会像上次那样找借口去任天一家住，然后溜去找夏霁了。

这个时间点之凑巧，补习科目之异常，让她满脑袋省略号。

“爸爸，你知道的，我高考几科里英语最差了，就不要拖累人家小孩子了嘛！”

她拖长尾音撒娇，陈爸爸喉结滚了滚，挣扎了片刻之后坚决地摇头：“不行，就这么定了。”

陈桉桉暗道一声不好。

陈爸爸比陈妈妈大了十三岁，有了陈桉桉之后，陈妈妈就老笑他老来得女。陈爸爸做基层警察多年，虽然为人严肃了些，但对这个女儿当真是宝贝到不行。

他的女儿那么小，那么软，起先的一个月，只要她黑葡萄一样的大眼睛望着他，他心里柔软得都能哭出声来。

陈桉桉越长大越可爱，陈妈妈脾气厉害，父女两个就结成小联盟，经常在小区门外蹲着吃雪糕，你一口我一口，最后被扔垃圾的陈妈妈逮到，一大一小面壁思过。

所以这样的陈爸爸这么不顾宝贝女儿的意愿把她强留在家，那估计只有一个可能——生气自己家养的小白菜被外头来的猪给拱了。

陈桉桉没把这个猜想告诉夏霁，只说家里的人情推脱不了，一定要给人家补课。夏霁倒没说什么，只让她好好地在家待着，等他回来，要是想看比赛，在直播平台上看是一样的。

陈桉桉学小时候那样拎着袋垃圾冲下楼去，夏霁穿着白色羽绒服等在一楼出口，接过她手里的垃圾走出去扔掉又折了回来，脱掉羽绒服罩在她只穿着毛绒兔子睡衣的身上。

过于宽大的羽绒服显得她更加娇小可爱，夏霁戳了戳她的脸，又比画着量了量她的身高："我怎么感觉你越长越矮了？热胀冷缩，每年冬天都要缩一缩，春天再发芽长回去吗？"

陈桉桉鼓着脸打开他的手，看他只穿着白衬衫套灰色针织马甲，便像颗圆子一样挪过去，把羽绒服脱下给他穿上，敞开衣襟，自己钻进去，抱住他的腰身。

"真暖和呀！"

夏霁下巴搁在她的发顶上："夏霁牌肉体暖炉，给你温暖给你爱。"

抱了一会儿，夏霁说："本来这外面天寒地冻的，我也不想你跟着我折腾，回头生病了就不好了。快过年了，我拿个奖牌回来，也好有脸面见未来岳父。”

陈桉桉被“未来岳父”四个字击中，脸红通通的，一个劲地往他怀里钻。

过了一会儿，她才反应过来他这话题引得很突兀，他应该是看出陈爸爸的意思了……嗯，不愧是夏灰狼，就是老谋深算。

手机铃声突然响起，陈桉桉一看屏幕，手忙脚乱地接起电话。

“你是扔垃圾的时候把你自己也扔了吗？”

“没，没，我这就回去。”

陈桉桉恋恋不舍地扯着夏霁的手指头，他亲了亲她的唇：“走吧！”

她蹦蹦跳跳地在他的视线里走远，突然又停住，折回来几步。

“小霁哥哥加油！”

他喉咙发哽，好半天才想起来挥挥手，而她人已经上去了。

“好，我加油。”

2.0

新晋英语补习老师陈老师的学生是一个高一的男生，和她一样，也姓陈。

一开始，陈桉桉还有点儿忐忑，但试探了几回陈同学的英语水平之后，她就不忐忑了。如果说正常高一学生的英语水平线有一米高的话，那陈同学大概只有三厘米。

“来跟我读这个单词，h-o-n-e-s-t，honest，诚实的，正直的。”

“H-o-n-e-s-t，欧尼斯特，诚实的，正直的。”

“是 ao 的一声，不是 ou，来，再读一遍。”

陈同学推了推比啤酒瓶底还厚的眼镜，整个人木讷又朴实：“老师，我记性不好，你给我连续读十遍吧，我加深一下印象。”

陈桉桉微笑，连着读了十遍。

陈同学还是不懂，她又读了十遍。

……

最后陈同学成功地把陈桉桉带偏了，她的发音也成了“欧尼斯特”，陈同学看她的目光充满了疑惑：“老师，你和我读的不一样吗？”

陈桉桉：“……”

陈桉桉每天在寝室群里更新暴躁陈老师的日常。

【陈可爱：我怀疑他就是老天爷派来整我的，怎么会有这么可怕的学生？这几天，我的世界观都要炸掉了！每天送走他之后，我待在屋子里精神恍惚，要缓三个小时才能缓过来，日常心疼他班的老师。[蜡烛][蜡烛]】

【陈可爱：而且老陈不愧是在基层工作几十年的老警察，防患手段一流。每天陈同学在夏雾比赛出场前来，为了保证课堂学术气氛浓厚，我的手机等一切通信设备都被老陈没收了。等陈同学走之后，比赛早就结束了，我就只能看个比分。等再缓几个小时恢复精神，我就已经头脑发胀，没力气看比赛回放了啊啊啊！！我是不是老陈捡垃圾的时候捡来的啊？！】

【陈可爱：怎么办怎么办？明天夏霁就要进行单人半决赛了，很重要的一场，我该怎么样才能让老陈放过我？在线等，挺急的。】

【叫我轻飏大人：好一出现代版的《罗密欧与朱丽叶》，你让夏霁像罗密欧一样拿着石子敲你们家窗户玻璃，然后你从窗户里跳下去，和他私奔去月球好了。】

【汪汪汪：一二三，牵着手；四五六，抬起头；七八九，我们私奔到月球……】

【陈可爱：我家在九楼，再说夏霁也回不来啊！】

【叫我轻飏大人：我的妈呀，刚盛禽兽飘过来看见我们的对话，说想试试看私奔 play，我的腰隐隐作痛。】

【汪汪汪：……】

【陈可爱：……算了，指望不上你们了，走了。】

【叫我轻飏大人：施主留步，其实陈叔叔是舍不得你多于反对你们，不然也不会这么暗戳戳的，说起来还怪可爱的。你的可爱基因是不是就从这儿来的？我只能和你说，这件事不能急，你一急，可能会伤叔叔的心。先等等，等夏霁回去之后，找时间和陈叔叔推心置腹地谈一谈，他那么疼你，不会让你难受的。】

陈桉桉眼眶湿润，轻轻地叹了口气。

爸爸从来都不是她的敌人，为了宝贝女儿，他可以与全世界为敌。

夏霁的半决赛开始前半小时，陈同学准时进门。

陈爸爸端着茶水慢悠悠地飘到客厅，陈桉桉迎陈同学进房间，把门关上。

陈桉桉抱着个透明的塑料盒子坐下：“来，先默写一遍昨天学的五个单词，对一个给一颗糖哟！”

她抓了五颗糖，五颜六色的彩纸就躺在她白皙的掌心上。

“都写对呢？”

“都写对，那这一盒都给你。”

陈同学看了她一眼，推了推眼镜，掩住眼底情绪，笔尖顿了顿，埋头开始写。

“砰砰砰……”

外面敲门声响起，与其说是敲门，不如说是砸门，陈桉桉感觉地面都在晃。

陈爸爸去开门，陈桉桉隐约听见熟悉的声音。房门被打开，任天一喘着粗气，断断续续地说：“夏霁受伤了，江梨在现场……给你打电话你关机，她就通知我来找你，具体情况她没和我说……桉桉你……”

陈桉桉大脑一片空白，眼泪“唰”地一下就淌下来。

她抖着唇往外走，陈爸爸站在外面，如往常一样是她的大山、她的大树。

“爸爸……”

“去收拾一下，我开车送你去机场。”

房间里，陈同学默写完单词，翻出单词表一对，都写对了。

他不仅写对，而且英文花体漂亮，完全不像之前小学生的字迹。

他摘下眼镜，锐利的眼盯着糖盒看了会儿，伸手剥开两颗糖扔进嘴里，嚼得粉碎。

3.0

陈桉桉和任天一坐最近的一班飞机到 × 省时，天已经擦黑。

江梨在机场接到人，打车直奔市中心医院的急诊部，路上陈桉桉开着流量刷夏霁比赛的视频。夏霁的撒手锏是他进攻的速度快，防守相对于进攻来说是弱项。

视频里，夏霁的身形相对于以往要慢了 1.5 秒，进攻的速度变慢，就给了对手可乘之机。

对手一个急挑猛刺，把夏霁逼到禁闭击剑线边缘，夏霁握剑的右手很明显地抖了一下，几乎是靠着这些年比赛的下意识，破开对手的攻势，击中得分点。

现场的欢呼声中，夏霁左手摘下护面，脸色煞白，额上全是细密的汗珠。

他身形晃了晃，随即人往下栽倒……

之后就是一片混乱。

“我离得远，没看清，应该是手腕受了伤。运动员嘛，伤病什么的在所难免。桉桉你不要担心，我们夏老大优秀了这么多年，老天爷一看这对别人太不公平了，干脆制造个小小的波折吧……”江梨嘚啵嘚啵了一通，呼吸一窒，崩溃地捂着脸，眼泪顺着指缝往下滑，“老大怎么能受伤呢？他要是好不了怎么办……”

陈桉桉扭头看向车窗外，灯光在水雾弥漫的眼前急速倒退，看起来模糊又斑驳。

几个人赶到的时候，一个赛一个地眼睛红，一字排开，跟三只傻兔子似的。

夏霁已经转到高级病房里，舒服地靠在沙发上看《大话西游》，转头看到她们时还吓了一跳：“你们怎么来了？”

陈桉桉盯着他的脸……和他的手，不言不语，而他举起缠着绷带的右手：“因为这个？没多大的事情，就是扭了一下，医生给按了按，包一下就好。先比铜牌赛，决赛要两天后，刚好休息一下。”

哭得一抽一抽的江梨哭声一顿，抓住任天一的胳膊：“不行，我情绪收不住，呜呜呜……可在这儿哭太傻了，你陪我到外面哭完再回来。”

任天一：“……”

碍事的电灯泡很有眼力见地走远，夏霁伸开手臂："过来，给小爷抱抱。"

陈桉桉慢腾腾地走过去，没扑进他的怀里，而是小心地托着他的右手腕，坐在他旁边。

她脸色很不好，嘴巴抿得紧紧的。

夏霁暗自叹了口气，带着笑逗她："是不是想我了，想我想得天天躲在被窝里哭？哎不对，你是不是想用眼泪浸泡自己，好尽快发芽长高？"

眼泪顺着她的脸颊往下滚，他笑不出来了。

"夏霁，决赛你不要去了。你即使不去，也能拿个银牌回来。你已经拿到奖牌了，老陈不会针对你的。"

她也是从小接触击剑的，按照现如今击剑服的先进设计，能扭到手腕的概率大概和陈妈妈同意她养狗一样，可以忽略不计。

来医院之前，她眼前都是夏霁在众人瞩目之下倒下的那一幕。

她从没想过，夏霁也有倒下的一天。

他也不是无所不能的。

只是在她的面前，他在努力变得无所不能。

电视里，紫霞仙子一身鲜红的嫁衣，落在孙悟空的怀里，说着这句无数人奉为经典的台词："我的意中人是个盖世英雄，总有一天，他会踩着七彩祥云来娶我。"

夏霁俯身，亲去她的眼泪。

“如果不去，我会针对我自己。我不想我人生最后一场比赛，以这种方式结束。”

“桉桉，决赛你陪我吧！”

陈桉桉无意识地揪紧他的衣领，来前迷茫无知的一路上她没有崩溃，见到他不好的样子也没有崩溃。

可这一刻，在他身边，听他和平常无异的简单一句话，她紧绷的神经骤然一松，搂紧他放声大哭，哭得声嘶力竭。

4.0

第二天下午，隋阳、郭铭昊、文艺部部长他们几个就过来了。

陈桉桉推开病房的门，就看见一排黑压压的人脑袋，吓了一跳。

“你怎么买个糖炒栗子买了这么久？”

“那家网红店太火了，我排队等了很久。”

“桉桉真是太客气了，知道我们长途跋涉，还特意买了东西过来。”郭铭昊刚洗了手过来，顺手把纸袋拿出来，那几个人围成一圈，毫不客气，一人一把，嗑得吧唧吧唧。

夏霁的手不能乱动，一双无处安放的大长腿还敏捷，一脚踹一个：“你们到底是来探病，还是来开茶话会的？”

郭铭昊琢磨了会儿：“都有吧！”

隋阳剥开栗子的壳，把栗子肉堆到文艺部部长手边，抬头看夏霁：“佛说，祸害遗千年，你能有什么事儿？我们约着过来，不过是找个借口出来玩，不然这大年下的，谁家能放人。”

文艺部部长闭眼吹男友：“阳阳你真是好机智哦！”

一室相声演员间，老实人陈桉桉艰难地开口：“我下去拿几杯奶茶。”

医院对面就有一家奶茶店，门脸不大，里面只有三张小桌子。

陈桉桉坐在最边上的位置，耳朵里一直回响着刚才她去找夏叔叔时无意间听见的他和医生的对话。

“按夏霁目前的这个状态，如果还要比一场，最坏的结果会怎么样……”

“患者右腕三角纤维软骨盘受伤，是长时间的反复受伤导致的，好在目前还是C型，可以通过手术痊愈，且恢复期很短，不会影响之后的生活。如果患者想继续比赛，病情加重是难免的，倒也不会太过严重。”

夏叔叔很明显地松了口气：“多谢大夫。”

“还是要提醒一下，患者过了恢复期之后，如果要继续训练，就要缓慢地来，提前做好防护措施。”

夏叔叔声音一沉：“他不会再训练了，他早就打算退役了，这次比赛是他的最后一场比赛。夏霁不想进省队去封闭式训练，他有放不下的人，还有……”

之后的话陈桉桉已经听不太清了，她游魂一样走下楼，买栗子付款的时候差点儿把手机忘在那儿。

“小姑娘，你的奶茶好了。”

店员的声音把她从回忆里拉出来，她提着奶茶坐回了原位，一杯接一杯地喝起来，热气熏得她的眼潮湿难受。

夏霁之前从没有跟她说过要退役，也没有说过要进省队，更没有说过拼命地训练是为了在最后一场比赛上有个圆满的好成绩，却因此反复受伤，最后在半决赛上勉强赢了之后倒下。

这么重要的事情从别人那里听说，她是有些失落，可最让她难过的不是夏霁，而是她自己。

夏霁从四岁开始踏上击剑场，到现在十七年。

击剑是他生命的一部分，是他的挚爱。

他是那个会在击剑场上发光的少年。

可突然有一天，他选择止步，而她成了原因之一。纵使她不是主要的阻碍，也是促成他放弃的因素。

她接受得了自己什么也帮不上他，却接受不了拖他的后腿，做他的绊脚石。

5.0

夏霁比赛当天，几个人坐在了第一排。

击剑还是冷门赛事，加上又是国内赛，场馆的观众不多。

但半决赛受伤，大家都猜测决赛要退赛的夏霁出现时，还是得到了场馆内雷鸣般的掌声。

郭铭昊几个人没了之前的嬉皮笑脸，一个比一个神情严肃。

之前他们故意嘻嘻哈哈的，是想让夏霁不要有心理负担。要不是担心，他们也不会跋涉千里过来。

陈桉桉连呼吸都有些困难，忽然手背一暖，是从进馆就开始红眼的江梨。

她反手握住江梨的手，另一只手抓住文艺部部长的手，几个人屏住呼吸，等着比赛开始。

夏霁的对手是上一次冠军赛时败在他剑下的亚军，此刻两人重逢，自然是冤家路窄。对方剑手完全没有留情，挑着夏霁受伤之后最薄弱的右侧防守部位下手，连连得分。

夏霁握着剑的手臂僵硬，艰难地应对着，一个反攻，咬着牙扳回一城。

他整个人都在抖，右手抖得更厉害，像一只老去的狮子，在领地新霸主面前不甘离开，拼尽全力去战斗。

江梨哭出了声："别比了，停下来吧！老大，别比了……"

比赛结束，比分定格在 15 ∶ 12。

夏霁艰难地摘下护面，跪在地上，额头抵在这片赛场上。

虽然没有赢，但他没有遗憾，他对得起剑手的身份，对得起过去的这十七年。

陈桉桉早已泪眼婆娑，冲了上去，扶着他起来，又在场馆内的欢呼声中扶着他缓缓地走下去。

英雄不会放弃，可英雄也要落幕。

“其实还是有点儿遗憾的，我还是想拿块金牌去见未来岳父的，拿块银的，他会不会觉得我没用？”

A 市，幸福小区 3 栋 901，陈妈妈看直播中女儿和未来女婿相依相偎地走着，又哭又笑。陈爸爸沉默地放下手机，走进洗手间，陈妈妈听着“哗哗哗”的水流声响了两分钟，老头子才走出来。

他看着倒还是很正常，但说话的声音是掩不住的紧绷沙哑：“那小子……还不赖。”

“你不会是去哭了吧？”

陈爸爸继续沉默，转回身又走进洗手间。

“你又干吗去？”

“……脸没洗干净。”

陈妈妈一抹眼泪，冷冷一笑：“呵，口嫌体正直。”

夏叔叔提前安排好了，夏霁一下比赛就进了手术室。

在病人家属签手术同意书时，几个小的围住医生，七嘴八舌地问来问去。

“这个手术会不会有什么后遗症？比如说话不利索、腿脚不灵便什么的。这样他就没法怼我了。”

医生本着职业素养平心静气地回答：“患者伤的是手……而且关节镜下的 TFCC 清创手术在我们医院的成功率是百分之百，所以你们不用有这样的烦恼。”

“人手上很多经脉的，大动脉也在，万一伤到了，挂在里面怎么办？”

医生：“这个……”

“现在很多医院不靠谱，一会儿做手术，万一麻药没打够，把夏霁疼哭了怎么办？”

医生：“……”

“行了，你们几个闪一边去。”夏叔叔签好字后把几个小的赶走，抱歉地道，“他们都是夏霁最好的朋友，只是太紧张了。”

“他们感情真好啊！”

夏叔叔点点头，一扭头，就看见陈桉桉脚跟并齐，身体成一条线站在墙边，看着手术室的方向，眼神都有些木。

她就和小时候每次害怕训练一样，从头到脚都是紧张恐惧。

夏叔叔慈爱地用大手拍了拍她的肩膀：“没事儿的，桉桉，就是一个小手术而已。”

陈桉桉紧绷的神经稍稍地缓和，抿抿唇，问：“夏叔叔，夏霁他……为什么会想退役？”

“其实从他高考之后，我就知道会有这么一天。体招生大部分进的是体育系，或者课业相对来说没那么繁重的院系，但他却报了医科。其实以夏霁在击剑上的天赋，他只要努力，进省队之后往国家队走是完全没有问题的，但他迟迟不肯，一方面课业顾不了，另一方面，一旦进了省队、国家队，大部分时间都在队里，不能出去，他不愿意。”

陈桉桉的心沉到谷底："是不是……和我有关？"

夏叔叔点点头："算是吧，不过更多是因为我母亲。"

"夏奶奶？"

"父亲过世之后，母亲就一个人搬回从前的老院子里，不许我们陪她一起住，我们只能偶尔去看她。夏霁七岁那年，母亲让大哥把夏霁送到老院去住，这个时候我们才知道她得了病。最后的时日，她想她最喜欢的孙子多陪陪她……夏霁很懂事，从小就比别的孩子早熟，那个时候他已经知道生老病死，知道人生遗憾。母亲过世之后，夏霁变得沉默寡言，受了伤也不吭声，倔强得不像个孩子。只有在每年母亲忌日的时候，他才会泄露出心底的脆弱。"

"说起来，直到上了高中之后，他这个状态才好转，虽然人不怎么爱笑，但是少年的蓬勃朝气在。"他深深地看了一眼陈桉桉，看得她想找条地缝儿钻进去。

夏叔叔叹了口气："夏霁喜欢奶奶，后悔没有早一点儿知道她的病情，多陪她几年。高考后他报了医科，他想做一名医生，胜过做一名剑手。桉桉，每个人都有选择生活的权利。夏霁退役不是退缩，他只是一开始就做了他觉得正确的选择。"

"可他……"陈桉桉吸了吸鼻子，声音颤抖，"他是那么闪闪发光的一个人，怎么甘心就这样离开？"

"他和我说过，他不想做太阳，他想做星星。太阳只有一个，星星却成群，可以相互陪伴。他在孤独之后享受到了热切，就再也不想继续孤独。”

家人、好友、心上人，他想尽可能多地陪伴，不让曾经的遗憾再上演。

夏霁还是那个闪闪发光的少年。

只是少年终要长大，挥别辉煌的过去，去走向趋于平凡的现实。

可一定会有人记住他们，因为他们曾像火光一样的炙热、明亮。

陈桉桉会永远记得受了伤却依然站在击剑赛场上的二十一岁的夏霁。

他是她的意中人，也是她的盖世英雄。

♥ 十五

夏悟空：是我拿不动刀了，还是你飘了

1.0

夏霁手术后留在医院观察了一周，状况良好，医生允许他出院回家休养，四到六周就可以恢复正常生活。

回到A市，隋阳和文艺部部长这种不是本市的人自然是不能白来的。郭铭昊打算联系几个离得近的同学，凑在一起给夏霁开个party，庆祝夏霁死里逃生，重新做人。

夏霁一张脸冷若冰霜，声音更是凉得能结出冰碴子："郭铭昊，你哪块皮痒了？用不用我给你松一松？"

听完夏叔叔的话，陈桉桉了解了夏霁平时偶尔的冷脸只不过是不好意思，其实他是个爱热闹的人。

她一把捂住夏霁的嘴："不，你不想松。"用另一只手翻出手机，"我这儿还有几个同学的联系方式，你们都认识，一起叫过来吧！"

夏霁要是皇帝，那陈桉桉就是皇太后。

虽然这辈分听起来不大对，但从食物链上来说没毛病。

郭铭昊仗着有"皇太后"撑腰，再加上隋阳家里有矿，单包了一个别墅，里面布置极尽浮夸，入目都是闪钻亮片风家具，窗帘一拉，绚丽的灯光可以晃瞎人眼，但是细节处又深刻地符合夏霁这个半残障人士的身份。

"啤酒加枸杞，威士忌加人参蜜，香槟放胖大海含片……我的妈，这是啥？”汪年拿叉子拨了拨盘子里的整鸡，里面塞满的馅儿往下掉。

“药膳鸡，服不服？”郭铭昊得意扬扬地晃了一圈，别墅里鸦雀无声。

沉默，死一样的沉默。

隋阳率先打破了诡异的气氛：“亲爱的，今天到了我的吃素日，戒肉戒酒。”

文艺部部长感动得要跪下，立时戏精上身：“亲爱的，我陪你，我这就去订外卖。”

汪年举手：“那个，我也想吃一天素，机会难得。”

……

闹腾中，陈桉桉接了个电话，放下手机后为表示歉意，当众亲了夏霁一口，拿着包就走了。

郭铭昊一边使尽浑身解数抢隋阳几个人的手机，一边听声，可以说是非常努力了。

“咦，夏霁，你女朋友怎么走了？”

夏霁起身，端起一杯威士忌一饮而尽，眼底一片阴霾。

他浑身的冷气，冻得所有人都一个哆嗦。

“去给人补课了。”

郭铭昊摸着下巴，分析了下夏霁煞气的浓烈程度，下了结论：“咱们夏老大有情敌了。”

自打从 × 省回来，陈桉桉明显感觉陈爸爸态度的松懈。

以前每当看见她有和夏霁偷偷地发消息的倾向，他都会端着茶杯飘来飘去，左哼一声，又哼一声。可她回来之后，就算撞见她和夏霁发语音，他也像是没听见一样，甚至还提醒她："那小子嗓子哑了，买点儿金嗓子含片。"

陈桉桉："……"

这是老陈？这是假的吧？

如果这些都是小事，还不足以当成证据，那陈爸爸告诉她不用再给陈同学补课就很说明问题了。

第一，之前的陈同学是老陈找来打她和夏霁这对苦命小鸳鸯的棒子。

第二，现在的老陈还没等夏霁准备好上门来，就先一步默许了她和夏霁的关系。

惊喜来得很突然。

可她没想到反转来得更突然。

陈桉桉参加聚会的途中接到了陈爸爸的电话，让她回家给陈同学补课。

她有点儿慌。

她一进门，陈爸爸就小碎步挪过来，扯着她到一边，压低声音跟她表明清白："是他自己找上来的，说之前你给他补习很有效果，别人给他补课，他一个字母都听不进去。本来也是我把他找来的，嗯……就……你要不就一直给他补习到他开学吧，不然爸爸也没法和他爸妈交代，都是老朋友了……”

原来不是他又举起了殴打小鸳鸯的棒子。

陈桉桉顿时放下心来，乖巧地点点头：“我知道了，爸爸。这回我能用手机吗？”

陈爸爸不自在地咳嗽了一声，眼神往旁边飘：“那什么，你随便用……你带他进去吧，爸爸给你们切点水果。”

陈同学拿着布袋包站在她房门前，她对他笑笑，礼貌地问：“这段时间过得好吗？”

他眼皮垂下，硬邦邦地说：“不好。”

陈桉桉：“……”

“老师把我丢下这么久，我之前好不容易记住的单词又忘了。”

陈桉桉顿时心生愧疚，把手机扔到一边，全心全意给他讲二十六个字母的写法。

夜深沉，养生别墅里传出一阵鬼哭狼嚎。

隋阳倾情献唱一首《大悲咒》，夏霁在发第二十三条消息，陈桉桉还没回时，他一个不小心，捏碎了一个高脚杯。

这下两只手都伤了，他晋升为一等残疾了。

郭铭昊看热闹不嫌事大，夺过话筒吆喝着：“今天我们夏老大可有点儿暴躁，阳子，《大悲咒》不行，换《清心咒》给我们夏老大静静神。”

隋阳远远地比了个“OK”。

平时狗粮吃撑了，作个妖报答一下。

虽然之后肯定要被夏霁报复回来，但是呢，爽过就好。

2.0

最近夏霁身上的煞气与日俱增，一米开外人畜不近。

别墅里，一级残障人士占了整个沙发，另外几个人就挨挨挤挤地坐在对面。

郭铭昊一胳膊勾住隋阳的脖子：“要我说，男人嘛，清除情敌多简单一事。咱们阳子虽然已经毕业两年多，但人只要在三中一吆喝，准保——”

他没说完就挨了隋阳一杵子，文艺部部长已经眯着眼睛看过来了，神情十分危险：“准保什么？”

隋阳一本正经地道：“准保能拉来不少人跟我们一起吃素，我欲成仙，快乐齐天。”

文艺部部长：“呵，男人。”

汪年在旁边空地上做瑜伽，把身体轻松地拧成一个扭曲的姿势，单手撑起，声音一点儿也不带抖的：“陈桉桉那个对感情慢半拍的，肯定不知道自己引狼入室了，还不如直接告诉她。她那么喜欢夏霁，肯定会立刻和那个人断绝往来的。”

“她那么喜欢夏霁”几个字飘到耳朵里，夏霁这几天少有地感觉到了开心。

他左手只是被玻璃划破，包扎之后还能自由活动，此刻正拿着一本高一上半年的英语课本。

昨天陈桉桉过来待了会儿，之后走了就把书落在这儿了。夏霁本来想给她送过去，可无意间翻到单词表，顿时就打消了这个念头。

【夏猪蹄子：你有书落在这儿了，医生说外面天冷，让我别太折腾，你要是着急用，我让郭铭昊给你送去。】

【我家陈可爱：啊，别麻烦他了，也不着急，我明天去的时候带回来就行。】

【夏猪蹄子：我看你倒是挺认真，做了不少功课。】

【我家陈可爱：其实是陈同学底子比较差，比我还差，我在单词表上画圈圈的单词都是他读好多遍都记不住的，每天学新的之前都要读一遍。画三角的是他总记落的中文意思，画五角星的……】

陈桉桉被夏霁夸认真夸得有点儿飘，说了一大堆后，却只换来了夏霁一个表情——[微笑]。

【我家陈可爱：？？？你怎么这个表情？】

【夏猪蹄子：左手不好用，发错了。】

其实他还能微笑不拔刀已经很克制了，来看看陈同学读好多遍都记不住、每天学新的之前都要读一遍的单词——

handsome，英俊的，估计在说他自己。

smart，聪明的，漂亮的，估计在说陈桉桉。

fond of，喜欢，爱好，估计在撩妹表白。

……

这陈桉桉都没反应过味儿来，估计是个傻的。

夏霁有些头疼，他怎么就喜欢上了这么一个可爱的小傻子呢？

这天午后又下了一场雪，白色铺了厚厚的一层。

所谓“霜前冷，雪后寒”，下雪之后最冷，所以当陈桉桉在房间里听见陈爸爸去开门后的那低沉的男声时，她一瞬间有些恍惚，怀疑自己是不是幻听了。

夏霁的声音她太熟悉，远到隔着半个操场的喊声，近到贴近她耳郭的低语，什么样的她都听过。

她的耳朵对他的声音已经敏感得不像话。

可他不是说天太冷，不好出来？

她正想着，外面脚步声已经逼近她的房间，陈爸爸笑眯眯地开了门，笑眯眯地把夏霁让了进来。

“你怎么来了呀？”

夏霁将书递过来：“我翻了下你在书上做的笔记，还是很认真，但有的地方不够严谨。教课不像别的，不能马虎，我想我过来教这位同学几天吧，刚好你可以歇一歇。我看你最近都瘦了，陈叔叔肯定心疼坏了。”

并没有心疼坏了的陈爸爸听着这话真是顺耳，不住地点头：“小夏说得也对，刚好他英语好。小陈啊，让夏学长教教你，肯定比桉桉强。”

陈同学推了推眼镜，不着痕迹地打量着夏霁。

二人四目相对，三秒钟后各自移开视线。

陈同学点头：“可以。”

“小夏你坐，叔叔给你切水果。”陈爸爸哼着歌去忙了。

夏霁身上裹了件黑色长款羽绒服，拉链拉到最上方护住脖子，下衣摆一直到小腿处，衬得身量更修长。

陈桉桉知道他右手不方便，就乖乖地凑过去帮他把羽绒服脱了：“你这件衣服要是换成我穿就可以当成拖地长裙了，你——”

“嗞”的一声，拉链被拉下，衣襟敞开，露出他里面那件灰色的V领羊绒衫……和他脖子上层层叠叠挂着的二十几块奖牌。

陈桉桉：“……”

“哦，刚才叔叔找我去做一个采访，让我把这几年参加比较重要的比赛得的奖牌戴上，要合影留念。我出来后没回家，直接过来的，忘了摘了。”夏霁不着痕迹地将身体正面转到书桌方向，和善地笑了笑，“陈同学高一吧？我记得我拿到青少年组的全国击剑冠军那年也是高一，可真是好时候。”

陈同学：“……”

夏霁用左手将奖牌一块一块地摘下，缓慢而郑重，放到一边，余光瞥见陈同学满脸郁色，心中冷笑一声。

呵，年轻人，你对我的力量一无所知。

3.0

陈同学还是按时到来，每次进来时，比他还早来的夏霁已经与陈家父女相谈甚欢好一会儿了。

陈同学看在眼里，第二天提前半小时来，结果到了的时候，夏霁仍然与陈家父女相谈甚欢。

第三天，他再早半小时……如此以往，一直提前到了夏霁与陈家一家坐在餐桌旁吃早饭的这一天。

夏霁喝着豆浆，露出长辈最喜欢的那种乖巧的晚辈笑："说起来，这还是我和叔叔、阿姨第一次在一起吃早饭，阿姨亲手榨的豆浆比外面卖的还要好喝。"

陈妈妈笑得合不拢嘴："哎呀，老陈，你听听。小夏这孩子就是嘴甜，好喝你就多喝一点儿。"

之后陈同学就恢复到一开始的下午两点过来了。

陈妈妈是一名初中老师，作息和学生党一样，每到寒暑假就不着家，吃了早饭就约着姐妹出去了，剩下陈家父女留守空房。

自从夏霁教陈同学之后，每到下午两点，陈桉桉就跟着陈爸爸坐在客厅看电视剧。

电视里在重播之前一部口碑很好的古装剧，《琅琊榜之风起长林》。

陈爸爸喝了口茶，“哎”了一声：“这小伙子长得真好看，鼻子是鼻子，眼睛是眼睛的，就是太白了，男孩子还是稍微黑一点儿硬朗，我看小夏就挺好的。”

陈桉桉脑中浮现“小夏”半裸着上身的模样，结实的胸膛，蜜色的皮肤，线条平滑的人鱼线……好像……比挺好还要好一点。

她咬着荔枝味儿的棒棒糖，含糊地替自己小墙头辩解道：“昊然小哥哥演的萧平旌是少年嘛，哪个少年黑黑的，就连夏霁那个时候也是只白斩鸡来着。”

“不过……”她手里捏着糖棍，忍不住好奇地问，“老陈，你什么时候这么向着夏霁说话了？你之前对他不是很有意见吗？”

陈爸爸眼观鼻，鼻观心，盯着电视机一动不动：“谁对他有意见了？有证据吗？没有证据，派出所是不会认的！”

陈桉桉：“行吧！”

“给小夏和小陈送点儿水进去。”

陈桉桉嘟着嘴站起来，瞥了电视一眼：“爸爸这么仔细地看这款化妆品，是准备给妈妈买吗？那等妈妈回来，我就告诉她这个惊喜。她看上这个好久了，一直舍不得买，可贵了呢！”

“哎哎哎，别呀……”

陈桉桉不理会老陈的痛苦呼唤，小跑着转进厨房，倒好了饮料，额头抵着墙，闭眼开始冥想。

三天前的那个下午，她稍稍地感觉到了一丝不对。

她端着一盘切好的橙子走进去，瞬间被屋子里的低气压震到。

夏霁坐在她平时坐的地方，没受伤的左手转着一支笔，他对面的陈同学正在纸上写什么，只是捏着笔杆的手过于用力，她都能听到“咯吱咯吱”的声音。

这场景很像高中班主任批评某个调皮捣蛋的学生，该学生一页一页扯书来做无声的抵抗。

少年，就是倔强又中二。

第二天，她一进去，又是那个气氛。

第三天，还是……

古语云，事不过三，这事儿好像不是她想象的那么简单。

可夏霁和陈同学刚认识，能有多大仇、多大怨？

她正想着，后背贴上结实的胸膛，那人用力地往前一压就把她整个人压在了墙上，吓得她差点儿喊出声，忙伸手捂住嘴。

夏霁把当她小乌龟一样把她翻了个个儿，她放下手，大眼睛瞪着他，无声地控诉着。

“你在这儿头贴墙站着，想象自己是壁画还是壁虎？要不要我钉几个钉子把你挂起来？”他左手戳着她脸颊上的小窝，顺手一捏，将她捏成嘟嘟嘴，俯身凑上去亲了亲。

“老陈还在呢……你别耍流氓……”她艰难地推着他的胸膛，

把他推开一点儿距离。

“我只是口渴了，没等来送水的小姑娘，就只能自力更生了。”夏霁往后退了一步，长臂伸着够到一杯水，送到她嘴边。

陈桉桉抬眼无辜地看着他：“不是你口渴了吗？给我喝干吗？”

“我刚不是喝了？还是荔枝味的果汁。不过不能光喝，总要补货的对不对？来，张嘴，我喂你。”

陈桉桉从善如流地张嘴，咽了一口水才反应过来他什么意思，脸腾地一下炸红。

流氓兔·夏心满意足地回到房间里，将玻璃杯放在陈同学的手边：“同学多喝点水，还能长长个子，我像你这个年纪的时候，每天喝八杯水，毕业就 188cm 了。”

178cm 的陈同学手一顿，圆珠笔在纸上画了长长的一道。

他面色晦暗不明，深深地呼吸一次，扯下眼镜扔到一边：“学长你不觉得你这样很幼稚吗？”

“我这很幼稚吗？装学习不好，装智商低下才幼稚。”夏霁淡淡地笑，“我像你这个年纪的时候，可不会用这样的招数骗女孩子。”

陈同学眉头皱了皱：“我喜欢她，所以什么招数都无所谓，我只是在表达我的喜欢。爱情里没有先来后到，我要和你公平竞争。”

“公平竞争？”夏霁的笑变成冷笑，狭长的眸子眯着，沁出寒意，“我想问一句，你配吗？”

“你——”

“我七岁认识她，十七岁喜欢她。我今年二十一岁，我人生三分之二的时间都有她。你要和我公平竞争，你有这个资格吗？”

陈同学脸色铁青，犹在坚持：“那又怎么样？我不管她以前，我只管她的以后……”

“等我到二十七岁时，她会是我的合法妻子；等我到三十七岁时，我们会有两个漂亮的女儿；四十七岁，女儿长大，我们会一起去周游世界……五十七、六十七、七十七……以后的每一年我都认真地想过，她的以前有我，以后也只有我，不用你给自己加戏。”

陈同学咬着牙：“我……”

“陈叔叔让你延长补课时间，你装成绩不好，陈桉桉耐心给你讲课，你觉得她傻乎乎被你骗很有意思，你所说的喜欢不过就是新鲜感作祟。如果你真的喜欢她，你不会没想过和她的以后。如果你连喜欢她都是假的，那你又哪里来的资格坐在我面前，跟我说什么没有先来后到，说什么要公平竞争？”

夏霁的一句句话像一柄柄大锤，锤得陈同学这堵墙连土渣都不剩。

曾经夏霁的毒舌让医学系的辩论队对他垂涎三尺，要不是他太忙没加入的话，现在也是 A 大传奇辩手了。

陈同学面色衰败，垂着头坐了许久，再抬头时表情有些受伤：“我……我还没想通……等我想通了，我会卷土重来的。”

夏霁表示理解：“我们结婚时会给你留张请柬的，那时候记得来就好。”

陈同学：“……”

4.0 ♡

之后陈同学再没来陈桉桉家补课。

只是除夕前一天早上，她收到了一个快递，是一个透明的星星瓶子，里面装着五颜六色的糖纸。

“陈同学还真节约，连糖纸都留着，真是质朴好少年啊！”

她随手把瓶子收在抽屉里，连同那一份她还没窥探到的心意一起封存。

至此，夏老大第一次清剿情敌战役取得了全面胜利。

十六

陈丽叶：七八九，我们一起私奔到月球

lovely girl

1.0♡

除夕夜，陈家向来的传统是热热闹闹地吃一顿热火锅，看春晚，再一起守岁到零点。

陈桉桉那魔鬼厨艺完全遗传自陈妈妈，并且青出于蓝。平时陈妈妈偶尔做一顿还好，也毒不死人，但在这种重要的节日里，为了避免一家到医院去守岁，还是由陈爸爸掌厨。

今年陈爸爸做了两种火锅，海鲜鸡锅和麻辣锅。牛肉切得极薄一片，下锅涮几下就可以吃，蛋饺皮爽滑，馅儿鲜香，毛肚、百叶口感脆嫩，海鲜拼了两盘，各种蔬菜摆在旁边，整齐地码了一桌子。

没有什么比在深冬吃上一顿热腾腾的火锅更让人感觉到幸福的滋味，可陈桉桉刚将筷子伸向麻辣锅，想触碰下幸福的边缘，就“啪”的一声被陈妈妈一筷子打开：“你吃海鲜鸡锅里的。”

陈桉桉对着麻辣锅里的红油辣椒咽口水，嘟囔着：“为什么呀？我又不是一点儿也不能吃辣的。”

在学校，夏雾将她管得死死的，不许她吃辣，不料她回来还要被妈妈管，这日子真是没法过了。

“小夏可都跟我说了，你在学校犯过胃病，叫我断了你的辣食。你自己什么肠胃，你自己没点儿数吗？胃疼很舒服吗？啊？还吃吃吃的！不许吃！”

陈桉桉的嘴嘟得老高，夏雾简直是属章鱼的，手那么多、那么长，恶势力都蔓延到她家里来了。

陈爸爸见女儿被训得臊眉耷眼的，日常出来打圆场：“这海鲜鸡汤里面可都是真材实料，爸爸盯着火熬了好几个小时，桉桉捧个场多吃点儿。”

陈桉桉像是就等着老陈来哄一样，点点头，浓郁的鸡汤下肚，顿时眉开眼笑。

吃饱了之后，三人窝在客厅的沙发上看春晚，陈桉桉看了一会儿就开始打哈欠，摸出手机抱着个抱枕坐到沙发一头，朋友圈一半人在发新年祝福，另一半人在刷春晚段子。

高中、大学的群里都炸开锅了，都在聊天抢红包，消息分分钟刷到 99+。

她没精打采地闲扯了一会儿，盯着夏霁的头像看。

夏家人多，每年也就这个时候能聚齐，这个时候，夏霁肯定还在忙。

盯着盯着，她把他的头像点开放大，是夜空中一簇绽开的烟火。自从夏霁用微信开始，他的头像就一直是这个，不知道是不是有什么特殊的含义。

又刷了会儿微博，翻了会儿草莓乐队的现场，她没忍住，还是点开了对话框，按照逢年过节的惯例扔了个红包。

【陈可爱：新的一年，新的包养你。[红包]】

过了一会儿，对方收了红包。

【夏猪蹄子：我就值十三块九？】

【陈可爱：现在猪蹄的市场价就是十三块九，老陈早上去买的。】

【夏猪蹄子：……】

【陈可爱：正常来说，你应该发红包礼尚往来一下。】

【夏猪蹄子：我本来准备好了，但你来这么一下，让我觉得钱不太够。】

【陈可爱：？？？】

【夏猪蹄子：在我心里，你是无价的，非要拿钱这么庸俗的东西来衡量，怎么也得几个亿，再等我几年。】

【陈可爱：赚几个亿？你要怎么赚？卖身咩？】

【夏猪蹄子：这个建议不错，择日不如撞日，今天就卖了吧！】

【夏猪蹄子：出来吧，买主。】

【陈可爱：？？？】

【夏猪蹄子：我在老地方等你。】

陈桉桉拎了袋垃圾出去倒，做贼一样地往楼下跑，心脏"扑通扑通"地跳得飞快，居然有种偷情的感觉。

夏霁为了保护手腕还是穿了羽绒服，和上次的那件一样的款式，只是颜色由黑色换成了白色。

他手上拎了个袋子，里面是一件同款的女式羽绒服。

"我穿了外套的。"

夏霁不由分说就把她身上的呢子大衣脱下来放到袋子里，给她裹上羽绒服：“你这件穿不了。”

“啊？”

夏霁左手将羽绒服拉链往下拉了一点儿，两个团子探头探脑地从他怀里钻出来，一嗅到陈桉桉的味道就叽叽地细声叫唤。

“哇！你把它们也带来了！”陈桉桉揉了揉两个小团子的脑袋，接了除夕过来塞在怀里。羽绒服腰部有抽绳的设计，刚好能托住除夕圆圆的小身子。

“当然，一家人最重要的就是整整齐齐。”

夏霁替她把拉链拉上，伸手牵住她：“走吧！买主。”

“去哪儿？”

夏霁眨了眨眼，笑容明亮又得意：“私奔。”

2.0

夏家的司机经常在寒暑假接夏霁和陈桉桉一起回家，他之前只听说小姑娘家是夏奶奶从前的邻居，夏霁和她又是高中同班同学才多照顾她一些。可今天见夏霁出来接人，他就明白了，事情并不是这么简单。

小姑娘一上车，他就和善地笑着说：“夏霁今年总算带个人一起去江边了。”

陈桉桉笑了笑，手托着夏霁的右手腕，轻轻地揉按着他手指上的各个关节。

“爱妃这手艺越发好了，朕心甚慰。”夏霁随时随地戏精附体，陈桉桉今天心情好就陪他搭个戏。

“皇上已经许久不来臣妾这儿了，臣妾还以为皇上忘了臣妾呢！”

“唉……今日国事繁忙，家事也不让我清闲。诸位在封地的王爷郡主归来，个个都不是省油的灯，朕一连喝了三杯谢罪才得以溜出来找爱妃。”夏皇帝左手按住她的手，笑得荡漾，“今夜朕是爱妃一人的，爱妃想怎么处置？”

陈爱妃大眼睛眨巴眨巴着看着他，脸往他跟前凑。

夏皇帝怀里的初一感受到女主人的靠近，有些兴奋。而它的男主人比它还兴奋，喉结上下滚动着，鼻息灼热。

陈爱妃的脸在他面颊前一寸的地方停下，小巧的鼻子嗅了嗅，随后立刻坐直身体，眉头跟着皱起：“你手上有伤，居然还喝酒？你还想不想好了？”

夏皇帝：“……”大意了。

每年除夕夜，A市的临江边都会放烟火，岸上人很多，一下车，夏霁就牵住了陈桉桉的手。她虽然还在生气，板着一张小脸，面无表情，但还是没挣开他。

夏霁无声地笑了笑，带着她慢慢地往前走，换着花样给她讲冷笑话。

陈桉桉有点儿体会到之前夏霁不让她吃辣食的心情了，看到他不顾自己的身体还喝酒，她真是要气炸掉。要不是打不过他，她都想去敲他脑壳了。

两人把衣领稍稍往下拉，除夕和初一钻出半个小脑袋，眼珠子滴溜溜地转着。

这么养眼的一对情侣，怀里还有这么可爱的两个团子，路过的行人都忍不住多看几眼。夏霁眼珠一转，突然间松了手，大步往前走。

“哎哎——”陈桉桉脸皮薄，被陌生人盯着，心里就有些毛毛的，几乎是下意识地小跑上去，抓住他的手。

“你不是不想理我吗？”

陈桉桉看他装模作样就知道他是故意的，轻轻地哼了一声：“我已经花十三块九买了你，你今夜就是我的猪蹄了，放你一个人跑了，我不是亏了嘛！”

夏霁笑出了声：“爱妃还学会串戏了，真是多才多艺，朕心甚慰。”

陈桉桉：“……”不要和戏精比戏，分分钟乱出一个平行宇宙。

江水清清，月牙弯弯，星子点点。

远离了高楼大厦，这里像是小小的一片桃源，有好不容易得来的清净。陈桉桉跟在夏霁身边，亦步亦趋，突然想到什么，眼睛弯了弯。

“在笑什么？”

“之前你去 × 省的时候，老陈阻拦我跟着你一起去，乔筝很喜欢一首写罗密欧和朱丽叶的歌，说让你学歌里的罗密欧，站在我家楼下拿石子打我家的玻璃窗，然后带着我私奔，就和你带我出来时说的一样。”

夏霁有些后悔：“早知道，我就带两颗石子过去了。”

“不像她说的也没关系，我们现在这样倒很像汪年说的。”

“她说什么了？”

“汪年喜欢五月天，她让我们私奔到月球。”

夏霁牵着她的手，抬起头看天看月看星星，笑意溢出嘴角：“是很像。”

一二三，牵着手。

四五六，抬起头。

七八九，我们私奔到月球。

这星球天天有五十亿人在错过。

多幸运有你 起看星星在争宠。

3.0♡

已经扔垃圾扔了一个小时，陈桉桉还没接到“追杀电话”，她有点儿慌。

“看来他们才是真爱，我只是个意外罢了。”她还是惧怕陈妈妈的威力，想了想，给老陈打了个电话。

“爸爸，那个，我刚才扔垃圾的时候不小心在垃圾堆捡到了我男朋友，所以我就……”

“那你们好好玩儿，有小夏在，爸爸放心的。”

陈桉桉看了一眼“小夏”，并不知道他哪里值得爸爸放心。挂了电话，她还是很费解：“老陈究竟是怎么突然接受你的？还接受得这么彻底。现在我觉得你才是他亲儿子，我只是他在路边买菜时别人送的。”

夏霁戳了戳她嘟起来的唇，眉头一挑道：“上到九十九，下到刚会走，怎么会有不喜欢你男朋友的人？不存在的。”

陈桉桉：“……”

除夕和初一长得小、吃得少却容易饿，这么一会儿就哼唧哼唧着讨吃的。陈桉桉将狗饼干掰成小块，一狗一口地仔细喂着。夏霁低头，就看到她用小手托着狗粮送到除夕嘴边。

之前在 × 省，他在击剑场上倒下，清醒后手机里多了无数个未接电话、无数条未读消息。

他给家人报过平安之后，按了一个号码拨了过去。

“陈叔叔，我是夏霁，让您担心了，我已经没什么事儿了。”

“哦，那就好，那就好……”对面一贯沉毅的男人不知道说些什么，准备挂断电话。

“陈叔叔，我有些事情想跟您说。”

陈爸爸下意识地噎了一下："你说。"

"我喜欢桉桉已经有四年了，我们在一起也有一年半了。虽然现在成年男女交往谈恋爱是最正常不过的事情，但我还是想得到陈叔叔的同意和支持。因为我不仅想和桉桉做男女朋友，我想的从来都不止现在。"

这突然的坦白倒是让陈爸爸有点儿束手无策，他脑子一热吐了句："那你想做她哥？"

夏霁："……"

夏霁捂住话筒，惊天动地地咳了几声才松开手，又说："我知道陈叔叔是担心桉桉，不放心桉桉才会想办法阻拦我们的往来。我只希望叔叔给我个机会，让我证明我自己。有我在，我会给她世界所有的甜，不会让她有一点的苦。"

夏霁用最后一场决赛的坚持完赛，打碎了陈爸爸所有的疑虑与担心。

这一场男人之间的对决，他们谁都没有输。

夏霁没有和陈桉桉提起过这件事，以后也不会说。

就让她以为他人格魅力放光芒好了。

凌晨十二点越来越近，江边的人看着手表，高声地倒数："五，四，三，二，一！"

钟声敲响，地上的烟花一瞬间蹿到天边，绽放成各种形状，碎成五彩斑斓的光斑，点亮这个黑夜。

“哇——你看那儿！好漂亮！”

陈桉桉第一次这么近地看烟花，激动得惊呼不已，怀里的除夕也跟着汪汪叫。

这大概是夏霁听过的、能暖进心里的、最好听的吵闹声。

陈桉桉想起夏霁的微信头像，为了盖过烟火声，扭过头大声地对他喊：“你的头像是自己到这儿拍的吗？”

“是啊，我每年除夕夜都会自己到这儿来看烟花。”

“为什么呀？”他为什么要自己来？他这么叛逆，家里也不管管吗？

烟花在一瞬间绽开，光影间，夏霁脸上有笑：“因为去年之前你还不喜欢我，去年你在家里，不能出来陪我。”

陈桉桉愣了愣，烟花燃尽，周遭沉静下去。

她的手揉了揉有些发热的耳朵，喊声清晰地跟着北风一起灌进他的耳朵里：“那我以后每一年都陪你来看烟花，好不好？”

初一和除夕配合地左右“汪”“汪”两声，像在为她的诺言做担保。

夏霁低低地应了一声：“好。”

曾经夏爷爷还在的时候，除夕夜会和夏奶奶一起到临江边走走，说说话，看看烟花。

他们就是在这座城市，在这个地方遇见的。

夏爷爷去世后，夏奶奶搬回老院，每一年除夕就会独自过来。

再之后，夏奶奶身体最不好的时候，小小的夏霁搬过去陪她。那年的除夕，夏奶奶带夏霁去了江边。

“你爷爷走的时候和我保证过，他每年的除夕夜都会来看看我，就在我们初遇的地方。我啊，每年都过来见他，不过明年估计是来不了了。小霁，以后啊，你替奶奶过来看他好不好？等以后你有了喜欢的姑娘，要带来给爷爷看看。你长相和脾性都最像你爷爷，你喜欢的人，他一定会喜欢的。”

夏霁的名字是夏爷爷起的，取自余光中先生的《绝色》中“若逢新雪初霁”这一句。

夏爷爷常说，见到夏奶奶的那一刻，他看见了这世间的第三种绝色。

一年又一年，夏霁独自看了一场又一场的烟火。

他看了十三年，再来时，身边多了他喜欢的姑娘。

十七

夏密欧：喜欢你时，我是一个幼稚鬼

lovely girl

1.0♡

其实整个陈家和夏家，最早发现夏霁和陈桉桉“奸情”的，是陈妈妈。

具体时间早到陈桉桉都不知道自己和夏霁正在谈恋爱的时候，就是高考之后“一日情侣”的那天。

陈妈妈跳完广场舞回去已经是晚上九点多了，刚进小区就撞见说跟几个同学到水上乐园玩的陈桉桉……以及她身边的一个身材高大的男生。

那两个人往右转，路灯映出男生的脸，陈妈妈赶紧捂住嘴——

为了防止自己笑出声。

提问：一个从小优秀到大、自己喜欢得不行的别人家的孩子，突然就要变成自己家的了，这是一种什么样的感觉？

答：爽得仿佛天上下起了口红雨。

陈妈妈就抱着这样的心态观察了好几天，发现陈桉桉并没有再和夏霁有什么往来。整整一个假期过去，夏·自己家的孩子·霁都没有再出现，陈妈妈很失望，非常失望，她的口红在这个夏天融化了。

结果陈桉桉去A大报到的那一天，夏霁又出现了，脸上挂着讨人喜欢的晚辈笑，说：“今年我们班有三个人报了A大，陈桉桉、郭铭昊还有我。我想着我们一起过去报到也有个照应，刚好我家有司机送，一起过去很方便。”

她女儿躲在夏霁身后，脸都要埋到地上去。

陈妈妈笑眯眯地点头：“小夏想得真周到，那桉桉就麻烦你了。”

之后的暑假，陈桉桉在家宅的时间长，身体懒洋洋，她便“麻烦”夏霁带着陈桉桉锻炼。

国庆假期，她和陈爸爸出去旅游，便“麻烦”夏霁照顾陈桉桉。

……

夏霁被“麻烦”得很开心，助攻陈妈妈也很开心。

自己家的孩子真是越看越优秀，有时候随便想想，她就能笑出声。

陈爸爸就是因为老婆笑得太频繁、太开心，才知道夏霁那只猪拱了他辛辛苦苦种出的陈小白菜的。

得知真相的陈小白菜在寒假结束回学校的路上，现编现唱了一首歌：“小白菜呀，超可爱呀，十七八呀，就被猪拱了。”

“不严谨，你被我拱了的时候已经十九岁了，早就不是新鲜水灵的小白菜了。”

陈桉桉：“我不水灵？”

夏霁仔细地盯着她看了半天，左右脸各啃了一口，咂咂嘴，一本正经地回答：“事实证明，还是很水灵的。”

陈桉桉：“……”

开学前几天，陈桉桉的英语四级成绩出来了，520分，大吉大利的分数，谐音“我爱你”。

夏霁说，这是老天爷看他为女朋友的四级考试殚精竭虑而给他的回报，这三个数字将伴随着她的档案一辈子，想甩都甩不掉。

当天陈桉桉发了一条长长的微信，从颜值、身材、气质、文化、内涵等方面，三百六十度无死角地赞美了一番她的四级专项辅导老师夏老师。

【陈可爱：你就是光，指引我前进的方向；你就是太阳，照亮我这个世界里的每一寸地方；你就是猪蹄，胶原蛋白满满，刷上酱汁，放到烧烤架上，隔壁小孩都馋哭了。】

【夏猪蹄子：……】

【夏猪蹄子：你六级不想过了？】

【陈可爱：爸爸，你看我跪着认错的姿势标准吗？】

因为成绩查询的时间是二月二十号，在情人节之后，所以陈桉桉就和夏霁商量把情人节挪到四级成绩查询之后再过，不然她良心不安。

也就是因为这个，情人节当天发狗粮的人群里少了他俩这对主力军，来来往往十来拨人来打听他们是不是掰了。

【文艺部部长：我可跟你讲，我听我家亲爱的说，医学系不少女生垂涎于夏霁的美貌与智慧，这要是让她们知道你们情人节没秀恩爱，我估计她们就要见缝插针、趁火打劫，最后东窗事发、红杏出墙。】

【陈可爱：……你这学期成语学得真好。】

四级考过之后，陈桉桉和夏霁补过情人节，收到了延迟几天的礼物。

礼物是很沉很重的一个箱子，陈桉桉想起去年生日时箱子里的除夕和初一，期待满满地打开箱子一看——

《CET-6 大学英语六级真题逐句精解》《新 ×× 六级词汇词根 + 联想记忆法》《新 ×× 大学英语六级考试超详解真题 + 模拟》……

陈桉桉："呵呵。"

【陈可爱：收到了情人节迟来的礼物，真的很想手刃男朋友呢！［图片］】

【郭铭昊：哈哈哈哈哈哈……不枉费我等了好几天，终于等来了，都给我笑！】

【隋阳：夏老大还有三秒到达战场，佛说，郭铭昊你不作死就不会死。】

【郭铭昊回复隋阳：……阳子你是扎心教的吗？】

【文艺部部长回复郭铭昊：对呀，我是教主夫人。】

【汪汪汪：照我说，以夏老大的腹黑属性，此事肯定有反转。前年圣诞节，他不是送了双增高鞋来着。】

【郭铭昊回复汪汪汪：哈哈哈哈哈……居然还有我错过的精彩？】

真相是，增高鞋的鞋盒里面还有一条月亮手链。

陈桉桉将所有的书都翻了一遍，果然发现了里面夹着的一张纸。

五分钟后。

【陈可爱：你们要的反转。[图片]】

【郭铭昊：六级学习计划！哈哈哈哈哈！都给我笑！】

【文艺部部长：……郭大哥就是传说中的标题党吧！果然，单身这么久不是没有道理的。】

【汪汪汪：陈桉桉家的夏老大从不会让我失望，嘤嘤嘤。】

【夏猪蹄子回复郭铭昊：回来挨打。】

纸上写着的六级学习计划，一共二十一项。

1. 初次单词练习，每天一个首字母的单词量。

2. 初次语法练习，每天三页课后习题。

3. 初次翻译练习，每天两页习题。

4. 想我。

5. 想我想我。

……

……

21. 想我想我想我……(×21)

2.0

大二下学期开学，陈桉桉除了平时上课之外，其余时间就投入了“想我式”英语六级复习中。

夏霁的课比上学期还要排得满，好在不用再去训练，相对从前来说还稍稍地轻松一些。两个人经常窝在家里一起看书，看累了就打一会儿游戏。

大灰狼一闲，就惦记怎么把小白兔叼回自己窝里。

夏霁几次三番、明里暗里威逼利诱陈桉桉搬到他这儿住，但都被她顽强地拒绝了。

甚至有一次他不要脸地用美男计，衬衫半敞开，露出一大片诱人的肌肤，结实的胸膛、流线型的人鱼线就抵在她眼前。虽然陈桉桉不是个看脸的人，但喜欢的人有这样的美色加成，她实在是扛不住，几个回合就被他亲得浑身发软，躺在他身下细细地喘着气，软软的手攀在他肩上，眼神涣散，蒙上了一层水雾一般。

他嗓音有些嘶哑，不刻意也很撩人，贴着她的耳朵，有一下没一下地亲着啄着她白嫩的耳垂，低声唤着："宝宝，宝宝……"

她颤着音"嗯"了一声，他的手顺着她卷上去的大红色格子毛衣的下摆在腰线处摩挲游移。

她软得更厉害，他眼神黯了黯，不动声色地诱哄着："宝宝，搬过来住吧好不好？反正家里已经知道了，你搬过来，每天醒来睁开眼就能看见你盛世美颜的男朋友了。"

陈桉桉迷蒙的眼顿时清明，一把掀开他，还踩了一脚："我就不！"实力演绎了什么叫"爱恨就在一瞬间"。

陈桉桉一开始就很抵触搬过来住，夏霁虽然心思算细腻，但也不是她有什么想法都摸得透的。

在对待陈桉桉的问题上，夏霁没什么偶像包袱，他不耻下问，虚心请教了一下乔女王。

乔筝长腿一跷，实名制教做人："这么说吧，现在你让桉桉和你一起住就是同居，从此呢，你们两个就彻底没有距离了，等毕了业，那就是从这边的房子挪到另一座房子里，继续同居，时长一辈子，这就很可怕了。人家才二十岁，需要有自己的空间、自己的生活。好好一个花季少女，正是最后体会校园精彩生活的大好年华，你就想把人拴起来做你小媳妇儿啊。没想到你看着衣冠楚楚，居然比盛禽兽还禽兽，做个人不好吗？"

乔女王一击即中，直捣灵魂深处，夏霁之后再没提过这件事。

他就只能在脑海里像煎鱼一样把陈桉桉翻过来、翻过去，酱酱酿酿。

寝室外面的林荫道两边槐花开遍的时候，陈桉桉去了一次医院。

以前她来"大姨妈"的时候总是腰酸腹痛，她查过是正常现象，但从去年年中开始，她每次都会疼得欲仙欲死，而上个月来的时候，她在寝室抱着抱枕，哭得像个八十五斤的孩子。

"呜呜呜……好疼，我下辈子不要做女人了。"

汪年冲好红糖姜茶，送到她嘴边："那夏老大岂不是要……你别说，这身高差，估计萌起来更带感。"

陈桉桉哭唧唧："你的良心不会痛吗？"

“不会啊，还美滋滋。”

陈桉桉觉得自己被“亲戚”折磨得哭了这件事很丢人，威胁汪年不许说出去，尤其不能告诉夏霁。

汪年全程“好好好”“是是是”。

等她“姨妈”走了之后，她就被夏霁拖着去了医大二院的妇产科。

陈桉桉气鼓鼓的：“汪年那个叛徒！奸细！我早该看穿她的属性的！”

夏霁刚从课上下来，身上还穿着白大褂，也不搭理她，敛着眉眼、抓着她的胳膊大步流星地走，不知道的还以为某个医生去抓逃跑的精神病科病人了。

他这样子，很明显在生气。

陈桉桉不敢再嘟囔，乖乖地跟着他走。

之前 A 大百年校庆的时候，医学系来了不少知名校友，毕业之后在国内各大医院的工作成绩斐然。夏霁作为医学系的第一名，当天得以和前辈们交流。专业知识过硬，又谦逊有礼，再加上夏霁自己本身那种难以让人忽视掉的光环，前辈们对他都是交口称赞。

这次夏霁带陈桉桉过来，事先跟一位前辈，医大二院妇产科的主任医师祝医生打过招呼。挂过号之后，他送陈桉桉进去，自己在妇产科室外等。

他不是气陈桉桉，而是气他自己。

他居然到现在才意识到这个问题，真是太大意了。

夏霁在走廊里来回踱步，胸口堵了一团浊气，闷得他发慌，一转头，面前不知道什么时候站了一个女生，身材高挑，面容姣好，脸颊绯红地咬唇看着他："医生小哥哥，你是哪个科室的呀？"

3.0

"没什么很严重的问题，就是有一点点的寒。现在的小女生平时不太注意保养，冬天为了漂亮穿得少，平时生冷的东西吃得多，就很容易有这样的问题。待会儿我开点儿中药，回去好好调理一下。"

"谢谢大夫。"

祝大夫拿着笔在病历本上做着记录，递给旁边实习的学生开药。

"平时吃东西的时候要克制一些，忌生冷辛辣的，我一会儿会再嘱咐学弟一遍的。学弟对你可上心了，昨天特意来了医院一趟，等我下班之后才和我谈起你的情况。其实这样的小问题，很多女孩子自己都不会注意，更别说男孩子了。我侄女之前和我说，现在的男生一听说女朋友痛经，就让她多喝热水多休息，一点儿也不关心。像学弟这样的，可真是难得。"

陈桉桉的脸微微地红了，祝大夫见状温和地笑笑："年轻真好啊！"

拿了开药单，要去三楼缴费，再到一楼的药房取中药。陈桉桉刚走出妇产科，正撞见前面一个长得娇小的女生迈着小步子，大眼睛灵动地眨巴着往夏霁的方向靠。

她心中立刻响起警报，轻手轻脚地往前走，走到能听到两个人对话的地方停住。

女生声音娇滴滴的，展开手里的病历本："医生，你知道抽血在哪个地方吗？我找了好几圈都没找到。"

夏霁淡淡地道："六楼。"

"六楼我刚才转了好几次都没找到，医生，能不能麻烦你带我去一下？拜托了。"

陈桉桉的兔子耳朵都要被这嗲声嗲气的声音麻得竖起来，她一个女生都这样，别说男生了。

她的眼睛顿时瞪着夏霁的后脑勺：你最好给我好好地坚持底线！

夏霁回答得很痛快："不能。"

女生的表情有些崩溃："为什么呀？"

夏霁站直了身子，将身上的白大褂整了整。女生看了好一会儿，无声地嘟囔了什么，再抬头看看妇产科的牌子，退了几步："打扰了。"

陈桉桉好奇得要死，快步绕到夏霁身前，他之前不染一丝灰尘的白大褂上用笔加粗写了几个大字：在里面科室看病的陈桉桉の家属。

陈桉桉："……这位医生小哥哥，你病得不轻啊！"

夏霁伸手接了她的病历本，边看边说道："我大三下学期应该是到医大二院见习，毕竟是自己以后要工作的医院，我今天要是怼得人数超过加强连的病人再也不来本院了，简直就是罪过，这样最好，不用多话，一劳永逸。"

这样既说明了他名草有主，又说明了名草可能连草种子都有了。

夏霁松了口气："还好，情况还可以。"

陈桉桉踮着脚，看着病历本上鬼画符一样的字迹，连个标点符号都看不懂："你们学医的是不是自有一套写字的体系啊？只传医学院不外传的那种。"

夏霁一本正经地点头："确实有。我们一进校门，系主任就给我们每人一本写字秘籍，我们看过之后还要当传家宝传下去的，不过给后代传女不传男。你给我生个女儿，安排一下。"

陈桉桉："……"

夏霁摸了摸她的狗头："春天都来了，怎么还没发芽长高呢？再这么缩水下去，我们女儿要到十岁才能比你高了。"

陈桉桉："……滚啊！"

夏霁是个心机 boy，他白大褂上写的那几个字，前八个字都写在左衣襟里面，后六个字写在右衣襟外面。等他把衣服扣上的时候，就只露出“陈桉桉の家属”几个字。

他就穿着这件白大褂，在医大二院跑前跑后，付钱拿药，招摇过市。

男生要是幼稚起来，是会完全抹掉之前的属性和人设的。

陈桉桉想起来医院之前面无表情的他，再看看现在满嘴骚话的他，这前后太大的反差让她感觉到他有多担心她的身体。

比她自己还要担心。

出医院的时候下起了蒙蒙细雨，这个点正是晚高峰，打车容易堵车，夏霁终于舍得把白大褂脱下来，双手撑开遮住陈桉桉的头顶，两人小跑着去马路对面的地铁站。

站前有摆小摊的小贩正在收东西，陈桉桉瞟到一抹绿色，等进了站，她让夏霁去买水，溜出去把东西买了。

夏霁拿着两瓶橙汁回来，拧开一瓶的瓶盖递过去。

陈桉桉把盖在头上的白大褂摘下来，头顶多了一个绿豆芽的发卡。

她左右晃了两下脑袋，绿豆芽随着动作来回摆动。

“看，刚才淋了雨之后终于发芽了。”

夏霁的心都快被她萌化了，她喝了口橙汁，仰头看着他道：“你淋了更多的雨都没发芽，说明你不是从小吃可爱多长大的，毕竟只有我们可爱的人才会发芽。唔，你低点头。”

夏霁从善如流，蹲在她身前。

热热的呼吸往他头顶吹，驱散了方才的凉意。

陈桉桉把另一只发卡别在他头顶：“好了，我传了神功给你，你现在也变得可爱了。”

夏霁：“……是传男不传女吗？”

今天的夏霁仿佛才七岁。

今天的陈桉桉最多五岁。

今天的他们是可爱的幼稚鬼。

十八

陈学委：我想要一颗小呀小“草莓”

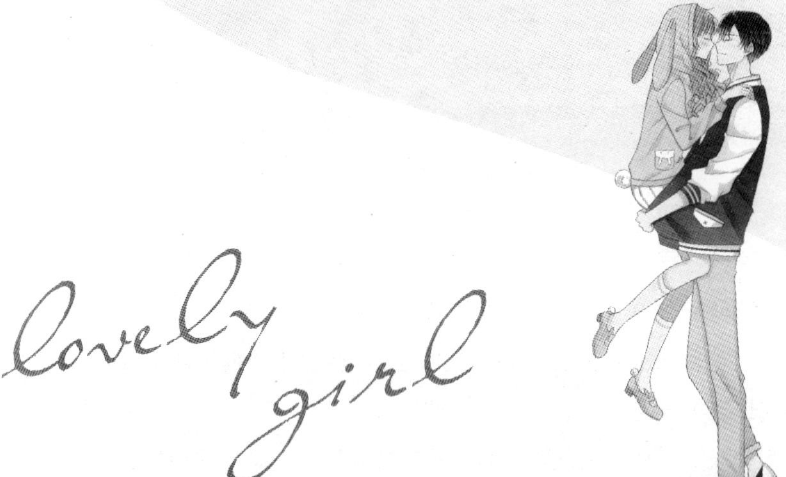

1.0

之前陈桉桉刷到一条微博，原微博说2012年后每一年都过得特别快，不正常的快，仿佛时间线被人做了手脚。

评论区里，大家深有同感，跟着脑洞大开。有人说，世界其实早就在2012年毁灭了；也有人说，抓住了楚门的手，这一切都是别人安排好的世界。

陈桉桉也有这种感觉，这一晃夏去秋来，又是新的学期，这大半年的时间仿佛是飞着过的，唯一有记忆点的就是她考了一场惨不忍睹的六级考试。

她去问夏霁为什么会这样，他想了想问："你想想，你2012年在干吗？"

"在读初三，为了中考后能考进一中而努力着。"

"你再想想，你2012年之前和之后相比缺了点儿什么？"

陈桉桉脑子卡了一下壳："缺良心？"

夏霁的手从书上挪到她脸上，往外一扯，扭过头面无表情地看着她，无边框的眼镜边缘都在泛寒光："再给你一次机会。"

上次陈桉桉在一本杂志上看到有人戴这款眼镜，禁欲又迷人，她觉得很符合未来夏医生斯文败类的形象，就狠下心攒了两个月的零花钱买了一副送给他。

夏霁长着一张清清冷冷的脸，戴上的效果比杂志上的模特还要好。每次他这么装模作样地板着脸一瞥她，她都会心潮泛滥，小腿发软。

此刻被他盯着看，求生欲让陈桉桉想出正确答案：“缺了你。”

夏霁唇角微微地翘起：“莎士比亚说，快乐的时光总是短暂的。你在2012年之后重遇了我，一天比一天快乐，所以你觉得时间越过越快是正常的。”

陈桉桉：“莎士比亚没说过这句话……”

夏霁“哦”了一声：“那就是鲁迅说的。”

陈桉桉：“……”

不得不说夏霁说得有点儿道理，逻辑鬼才本才了。

大三开始之后，医学系的学生们都要为去医院见习做准备，夏霁这段时间忙着看书，陈桉桉每天下课就背着小菠萝书包过来陪他，两个人共用一张书桌。

第一次过来的时候，陈桉桉拉把椅子坐在了他的对面，被他连人带椅子抱起，放在他椅子的旁边。

陈桉桉：“？”

夏霁转着笔，有些得逞地笑了笑：“没有和你同桌过大概可以排在我高中三大遗憾的首位，这回可以弥补回来了。”

“三大？其他两个遗憾呢？”

“太过优秀和太过招人喜欢。”

陈桉桉：“？”

“你读高中的时候最不喜欢凑热闹，我身上聚集的视线越多，你就越不想靠近我。”夏霁顿了顿，又笑起来，“就这样，你现在也是我的，这大概就叫人格魅力放光芒吧！”

陈桉桉真的不想理他，用笔在桌子中间画了道三八线，禁止他的言语骚扰。

初秋的太阳明媚但不炙热，暖暖的光从落地窗里透进来，照在桌上陈桉桉顺路从花店买来的桔梗花上，照在翻得沙沙作响的书页上，照在夏同学蠢蠢欲动的纤长手指上——从桌下慢慢地探过去，勾着陈桉桉的小拇指轻晃了两下，顺势将她的手握住。

她的余光里，他头没有抬，看起来依旧在认真地看书，只是唇角的弧度在慢慢地扩大。

“夏霁。”

“嗯？”

“其实我读高中的时候也有遗憾。”

“什么遗憾？”

“遗憾没有发现你喜欢我，如果我早一点知道——”

“那你就会离我远远的，毕竟那时候，你的脑袋里除了学习一无所有。”

陈桉桉闭麦，他把天聊死了。

过了一会儿，夏霁扯下一张纸，写了什么传过来，就好像高中时代，每堂课上都会在同学手中来回传递的纸条。

他自小练书法，字写得龙飞凤舞，又不失清隽。

——而那时候，我心里除了你一无所有。

2.0

他们“做了同桌”的这个秋天，好像有人把时间轴往回拨，拨回了高中时代。

人一生最好的一段光阴，大概就是那三年了。那时候，目标清晰而不遥远，生活纯粹而不枯燥，有暗恋的浅浅心事，也有肆无忌惮的欢声笑语。

夏霁习惯性戏精上身，不知道从哪儿搞来了两套一中的校服，后来添置的东西越来越多，从小黑板、粉笔到三脚架、课程表，书房慢慢地被改造成一间教室。

每天陈桉桉一过来就放下从花店买来的花，换上校服，为了满足夏霁的恶趣味，还学了下怎么把长发扎出短发的感觉，方便他揉一揉。

夏霁当年对着她那一头可爱的短发想这么干很久了。

合上书房的门，他们就是高中3班的陈学委和夏体委。

夏天就是在这个秋天的某一日过来的，她穿着一件长长的黑色风衣，一直包裹到脚踝，黑超遮住一半的脸，匆匆地从机场离开，直接奔了夏霁这儿。

陈桉桉赶去开门时，两人面面相觑，俱是沉默。

“你最近接了黑帮题材的剧吗？演大佬的女人？”

“夏霁最近爱上了扮演吗？想当年，他也是纯洁无瑕的一个小男孩，现在居然有这种特殊爱好，真是不堪入目，不堪入目。”夏天捂着脸一边叨叨一边进了门，往沙发上一坐，整个人瘫成了一团烂泥。

这个没精打采的样子可一点儿也不夏天。

陈桉桉合上了门，跟从书房里走出来的夏体委交换了一下眼神。

夏霁给她一个安心的眼神，走上前踢了夏天一脚：“这位同学，你穿成这样来上学，课上还以这种姿势躺着是要扣分的，报一下班级、学号。”

陈桉桉：“？？？”

夏天懒洋洋地挪了挪腿，疲惫地道：“2班50号。”

陈桉桉坐到夏天身边，伸手小心地摘下她的墨镜。夏天不自在地偏开头，眼角一片通红。

“你怎么了？发生什么事了？”

“我和唐亦琛打起来了。”

陈桉桉的眼睛倏地睁大，夏霁的眼神一下就变了：“他敢打你？”

“没有，是我单方面打了他两下，然后跑出来了。”

夏霁浑身戾气散开，眉头皱了皱：“你打人，你哭什么？”

“他和我说，我今天敢动他一下，他就要封杀我。”

“然后呢？”

夏天心如死灰：“然后我就没忍住，把他骑在身下拿枕头捶，结果被找他开会的公司高层撞了个正着。我的大红大紫梦，‘啪’的一声，稀碎稀碎的。‘一个一个梦飞出了天窗，一次一次想穿梭旧时光，雨再大也总要回家……’”

陈桉桉：“……”

夏霁揉她狗头，下了结论：“还能唱，问题不大。”

陈桉桉有时候不得不感叹基因的重要性。夏霁已经是一个传奇了，而和他拥有相似基因的夏天不遑多让。

就在去年夏天飞巴厘岛回来之后，她因为长得好看被星探注意到，对方便想签她做艺人。

夏天是在国外读的大学，拿了硕士学位回国之后一直在浪。她想着进娱乐圈也挺有意思，然后就答应了。之后夏天先做了几个月平面模特，因为长得好看被一个网剧导演相中，拍了部低成本雷爽古装大戏《将军恰恰甜》。这部剧的女主沈婳简直就是为她量身打造的角色，她虽然不是科班出身，演技说不上怎么好，但因为和人物角色非常贴合，在网剧播出之后居然圈了不少粉，小范围内查有此名。

夏天本身性格讨喜有趣，很多人透过她美丽的皮囊看到她更美丽的灵魂，从此小成本剧的戏约不断。她本来是抱着玩票儿心态，这下有人给予肯定，她下定决心要闯出个名堂来。

之后在《将军恰恰甜》的庆功宴上，投资公司老大亲自过来捧场。

夏天穿着一身高定礼服，艳光四射，踩着脚上十六厘米的高跟鞋摇曳生姿。待看清所谓的投资公司老大是谁时，她差点儿把手里的香槟泼出去。

唐亦琛摇着酒杯，轻轻地撞了一下她的："祝夏小姐从此顺风顺水，好戏不断。"

他的措辞和笑容都非常官方，非常合理。

但对象是她，这一切就不太合理了。

因为唐亦琛除了是娱乐公司老板之外，还有一重身份——夏天的未婚夫。

哦，虽然是不被她承认的。

哦，虽然前面还要加一个"前"字。

3.0

夏天不待见唐亦琛不是因为这个人，在成为未婚夫妻之前，他们还在一起浪过一段时间。脾气相投，又玩得开，两人差点儿就要对着关二爷的牌位拜个把子了。

去世之前，夏爷爷将夏氏交给了长子，也就是夏天的父亲。夏霁的父亲则自己单独出来闯荡，虹霁公司在夏父的经营下做得很大，可以和夏氏分庭抗礼。

就在夏天高中毕业之后的那个暑假，夏氏资金链出了问题，彼时虹霁的资金全都套在一个重要项目上，要想帮夏氏就会断骨抽筋，元气大伤。

但最后夏父还是决定撤出资金帮夏氏渡过难关，而这个时候，有一家公司主动站出来帮忙，资金很快注入夏氏，夏氏得以从艰难时期挺了过来。

那家雪中送炭的公司就是唐氏集团，夏家和唐家也算是世交，为了进一步稳固关系，两家决定联姻。

可订婚当天，准新娘跑路了，跑到了大洋彼岸，一走好几年。

夏天一走了之之后，本以为会引起轩然大波，结果她爸妈只是说了她几句就完了，财经杂志、八卦杂志上也没有爆出什么消息。唐亦琛那只狗开了家娱乐公司，平时她以为那就是他用来把妹子的，没想到公关还挺厉害。

她和唐亦琛的关系熟到快要忽略性别，就差一起洗澡了，她是接受不来和好兄弟结婚的事实。

再说了，为了利益联姻，十有八九是悲剧，她没兴趣多加一个。

只不过再和唐亦琛来往太尴尬了，所以她单方面把他所有的联系方式都拉黑了。

希望唐兄弟赶紧找个好人嫁了吧！

之前夏霁和陈桉桉说起这段过往的时候，陈桉桉觉得这简直就是豪门小说的标配。等这次夏天再回来，又一头撞进唐亦琛的势力范围里，她又觉得剧情应该要开始往金主养成系的娱乐圈文发展了。

唐亦琛不只是《将军恰恰甜》的投资方，还是夏天签的经纪公司的老板。从庆功宴回去之后，夏天就给经纪人金晶打电话谈解约的事情。

她敏锐的第六感告诉她，唐亦琛的出现只是个罪恶的开端。

“你确定？你提前解约是要赔高额违约金的。”

夏天无所谓：“多少钱？我赔就完了。”

“一年一百万。”

“哦……”不算多。

“你可是签了四十五年的合同。”

夏天一怔，都给气笑了：“四十五年？你当我卖身吗？”

“合同上清楚地写了，你难道没看吗？”

“我……”她确实没看，随便翻翻就签了。

四十五年，那就是四千五百万……老夏知道后不仅会打断她的腿，打断她的腿之后还会把她打包送给唐亦琛。

别以为她不知道，这几年，老夏一直没断这个念头。

第二天，夏天直接去公司找唐亦琛理论，将合同往桌上一摔，她眯着眼：“解释一下，这合同是怎么回事？”

好几年没见，唐亦琛也变成人模狗样的社会精英了，烟灰色的西服三件套，头发打理得一丝不乱。把手里的文件签完，他才缓慢地抬头："这合同怎么了？"

"SK 公司签别人都是五年，签我就四十五年，唐亦琛你什么意思？你当我傻啊？"

唐亦琛眯起眼："谁告诉你 SK 签别人是五年了？谁给你看合同了？ SK 的合同都有保密条款，谁透露给你就是违约。你倒是说说看，谁和你说的？"

夏天简直目瞪口呆，这个世界上居然还有这种人？这还是她认识的那个除了把妹子，什么也不感兴趣的唐亦琛吗？

好在她有从小和夏霁斗智斗勇的经验，很快恢复过来，冷冷一笑："你这样签署不平等合同，我完全可以告你，等律师到贵公司来取证，就什么都了解了。"

唐亦琛认同地点点头，从抽屉里取了张名片给她："这家律师事务所的王律师不错，帮我打过不少官司，胜率百分百，你可以去找他帮你。"

夏天："……"

唐亦琛笑了："怎么不拿？不敢拿？想当年，夏小姐也是天不怕、地不怕的主，大晚上就敢跟我去酒吧玩，怎么去了国外几年就越活越回去了？"

夏天柳眉倒竖，"啪"的一巴掌拍在桌子上："唐亦琛！你做个人不好吗？！"

"做了二十几年人，不想做了，没什么好处，未婚妻还要逃跑。夏天，我可以直白地告诉你，我就是故意让你签下四十五年的合约，我就是要把你绑在 SK，我看你还往哪儿跑！”

“你——”

“怎么？想打我？你今天要是敢动我一下，我就立刻封杀你！”

夏天从小到大哪儿受过这种委屈，四下扫了一眼，冲进休息室拽出两个枕头，扬手就往他身上砸。

唐亦琛歪着身子一躲，夏天看准时机冲过去，用力那么一推，把他推得一个踉跄。她长腿一迈，整个人骑到他身上，枕头“砰”“砰”地往他身上抡：“唐亦琛你不要脸！你还想绑住我，你个变态！浑蛋！流氓！我让你不要脸！我让你欺负我！打死你打死你！”

唐亦琛双手护着脸，他一点儿也不疼，倒是挺想笑。

刚要咧开嘴，他就听见敲门声，随后“咔嚓”一声，门被推开。

于是“家暴”二人组和来找唐亦琛开会的 SK 公司高层们，就这么面面相觑了。

沉默，死一样的沉默。

夏天拿枕头挡住头，匆忙地从唐亦琛身上下去。

唐亦琛倒是很淡然，整了整衣服站起来，轻咳一声：“我未婚妻在闹别扭，让你们看笑话了。”

“没事没事。”

“唐总居然有未婚妻了，怎么也不告诉我们？”

“……”

夏天握住门把手的手一阵发抖，她真的很想回去让唐亦琛见识下什么叫社会的毒打。

4.0

自己和夏霁之间的兄妹情稀薄成什么样，夏天心里还是有点儿 × 数的，所以这次过来，她直接巴上了她家小嫂子，高挑的身体往陈桉桉的怀里窝：“我被我老板针对了，委屈，难过。未来一段时间，小嫂子能收养我，给我一点点爱吗？”

“不能！”夏霁扯着她一条腿往下拖，她吱哇乱叫，诅咒夏霁出门碰到狼。

“你哥哥就是最凶恶的大尾巴狼。”陈桉桉抱住夏天的腰，安慰道，“不怕不怕，小嫂子给你家的温暖。”

“嘻嘻，小嫂子最好啦！”夏天捧着她的脸“吧唧”一口，看得夏霁狼牙都要龇出来了。

等安顿好夏天之后，陈桉桉从楼上刚下来就被夏霁一把抱住。他凶神恶煞，争宠争得非常明显了。

陈桉桉就不懂了，这对兄妹的相处怎么会是宫斗剧的画风呢？

她双臂环在夏霁脖子上，红着脸凑上去，对着他的脸颊亲了一口。

夏霁不满意地把右脸偏过来：“你只亲左脸，右脸该不开心了，以后左右脸要是长得不对称，那得多难看。”

陈桉桉一脸好笑地又亲了一下他的右脸。

夏霁拿鼻尖蹭了蹭她的，痒得她直往后躲。

“啧啧啧……”在二楼楼梯上看了会儿好戏的夏天忍不住出了声，“现在的男男女女哦，一天只知道情情爱爱的，不得体不得体。”

陈桉桉埋头往夏霁怀里钻，让脸皮厚的去应付。

夏霁摸着怀里毛茸茸的脑袋，云淡风轻地科普道：“订婚前正是应该甜甜蜜蜜、亲亲热热的好时候，我们当然珍惜每一分、每一秒。毕竟订婚的时候，人可能就跑了；订完婚之后呢，还可能签下不平等合约，一辈子为人做牛做马。唉，那个苦；唉，那个累，想起来我就忍不住心酸，忍不住流泪。”

打蛇打七寸，夏天被打得浑身发抖，钻进房间里，一天都没下来。

夏天在夏霁这儿窝了大半个月，吃饭靠小嫂子带回来的爱的外卖，娱乐消遣就是开十八个小号冲到SK公司的官博下面骂老板唐亦琛不是个东西，顺便到北×吐槽君博主那儿编故事，八一八国内某娱乐公司老板丧尽天良、为非作歹的这些年。

夏天之前在国外上学的时候，无聊就敲字写小说，文笔、情绪渲染都是一流。不少围观群众信了她的邪，热情高涨地猜起人名来，其中很多人是各家爱豆的粉丝，不好得罪公司，饭圈行走全靠缩写，一时间，评论区下方就像大型解密现场一样。

夏天找了半天乐子，心里堵着的郁闷跟着烟消云散。

陈桉桉眼睁睁地看着夏天从要死不活恢复成元气满满，这才放下心来。

等第二天她再过来，她发现自己还是放心早了。

整个屋子像是被炸过一样，客厅里抱枕被扔得满地都是，茶几被撞在一边，白色的真皮沙发上是一道一道的划痕。除夕和初一两个缩成一团，瑟瑟发抖，一见她来，迈开小短腿奔过来，可怜巴巴地求抱抱。

陈桉桉一只手捞一个，抱在膝头，正准备给夏霁打电话，调一下门口监控录像看看是不是进贼了，就听见二楼传出一阵“噼里啪啦”的响声，片刻后楼上安静下来，接着又传出女孩子的呜咽声。

“夏天？夏天，你在家里吗？”

二楼好一会儿没动静，陈桉桉也顾不上别的，跑上了楼，刚要推门，里面就传来夏天的一声吼：“唐亦琛你个浑蛋，我要打死你打死你！”

陈桉桉一怔，迅速下了楼。

夏天下来的时候，客厅已经被收拾过了。陈桉桉坐在沙发上逗狗，听见动静抬起头，视线从她红红的眼睛上移到红红的脸上、红红的唇上，再到……脖子上红红的“草莓”上。

“咯咯……”

夏天面无表情地把毛衣领往上扯了扯，倒了两杯水，一杯用来喝，一杯在唐亦琛下楼出现在客厅的那一秒精准地泼过去。唐亦琛习以为常，往旁边一躲，一滴水也没沾身。

陈桉桉在心里默默地赞叹一句：少侠好身手。

“你好，我是唐亦琛，是夏天的未婚夫。”

陈桉桉笑着应下：“你好。”

夏天眯起眼：“请注意一下你的身份，别给自己加戏了好吗？”

唐亦琛扣好方才被扯开的衬衫袖口，啧了一声：“前未婚夫也是未婚夫，做人要严谨。我先走了，给你三天时间，回去把合同签了。”

“我才不会签，你赶紧滚。”

“你可以试试看。”

夏天劈手捞过一个抱枕往门口甩，唐亦琛先一步出了门，“咔嗒”一声门锁上，抱枕可怜巴巴地弹到了地上。

陈桉桉好奇道：“他让你签什么合同？”

“一个新戏，《恋上你的唇》，讲逃跑未婚妻女主回国之后走投无路，向未婚夫男主低头求和、献身献吻的故事。唐亦琛真的是，努力做自己野鸡，拼命为自己加戏，滚吧死男人！！！”

“那你——”陈桉桉指了指她的脖子，她浑身的气势收了收，长腿盘起，仔细思考了一下人生，下了结论：“他吻技不错。”

陈桉桉：“……”

5.0

夏天虽然嘴上说着让唐亦琛去死，身体倒是很诚实，卡着第三天的死线一早就坐飞机走了，陈桉桉连她的人影都没抓到。

夏霁第一天去医院见习，熟悉环境不算忙，回来得早，带着陈桉桉到市郊的湖边抓螃蟹。

他抓螃蟹，她在一边玩水、晒太阳，顺便给他鼓劲加油。

夏霁穿着黑色运动裤、灰色连帽衫，头上戴着棒球帽，简直嫩回十七岁。

陈桉桉捡了几个形状可爱的石子放在小盒子里，这个时候水很凉，她还在吃药，不敢下水，就干脆欣赏抓螃蟹的帅气男朋友了。夏霁动作敏捷，不一会儿就捉了半桶螃蟹回来。

“这么多，我们两个也吃不了，留一点儿给夏天回来吃吧！”

夏霁把脸凑过去，让她拿帕子擦了擦额上的汗，听她这么说，高深莫测地笑了笑：“她一时半会儿是回不来了，等回去我蒸好了之后，你带给你室友吃吧！”

“她为什么回不来……”陈桉桉默了默，反应过来了，“肯定是被唐亦琛抓去‘种小草莓’了，这剧情真是刺激啊！”

她头上戴着和他同款的棒球帽，他抬手压了压她的帽檐，声音压低：“这么喜欢这个剧情，回去我也帮你‘种小草莓’。”

陈桉桉和往常一样，一提这个就脸红，可这次却没推开他捂耳朵，而是眼神发直，像是在思考什么，半晌后居然点点头，“嗯”

了一声。

夏霁无敌的大脑瞬间麻了半边，右手拎着桶，左手扣在她腰间一提，迫不及待地回家蒸螃蟹、“种草莓”了。

陈桉桉从前想象不到一个人的唇究竟能有多么的灼热，才能在皮肤上“种出小草莓”来。

现在她知道了，那东西不是烫出来的，是吸咬出来的。

她被夏霁高大的身体压在沙发上，整个人在他的唇齿间软化成水，好像下一秒就能这么从他怀抱中漏出去一样。整个世界都远离她，只有他的动作牵扯她所有的心跳，一下快过一下。

突然他唇齿咬合了一下，陈桉桉心跳加快，手抵在他肩膀上，软软地推着他。

夏霁浑身像是烧起来一样，埋在她身上用力地呼吸，半晌才强压下来澎湃的情绪，脑袋从她宽大的毛衣里出来，拨开她自己咬住的下唇，细细密密地亲了上去。

好奇心不光能害死猫，还能疼死个人。

过后陈桉桉十分后悔，她身上的红痕多得都可以开个草莓园了，尤其是胸口和腰腹处的几块，一碰就发疼。

夏霁也知道错了，但他决定死不悔改。

“我还是有点儿担心夏天，她那么骄傲的一个女孩，被唐亦琛那么打压，心里得多苦。”

夏霁有一下没一下地捏着她白嫩的耳朵，笑了笑：“你还是不太了解夏天那个人，她要是真的觉得委屈觉得苦，我敢保证唐亦琛家都能让她拆了。”

“那他们——”

“你知道夏天以前是写小说的吧？”

陈桉桉点头：“听她说过一次。”

“她是写那种豪门大总裁、金主捧女明星题材的狗血小说的。唐亦琛之前想了不少办法让她回头，结果都没奏效，直到他拜读了她的大作，再想想之前她在订婚那天落跑的戏码，灵机一动，破罐子破摔试了一次，没想到还真的对了她的路子。”

“那她之前说什么合同圈套的——”

“她本科就是学法律的，怎么可能会不仔细看合同？我估计她一拿到那份合同就知道唐亦琛存了什么心思，觉得这人太有趣，迅速地乐在其中了。”

陈桉桉脸上的表情都要裂开了：“你家的戏精基因也遗传吗？”

“应该是。”夏霁想起什么，幽幽地、慢慢地道，“夏天还喜欢女主带‘球’跑的情节……”

陈桉桉脑补了下，捂住了脸。

那可真是太刺激了。

♥十九

夏体委：而在我心里，除了你一无所有

1.0

大三末，大家开始考虑之后的出路。陈桉桉寝室的几个人里，汪年想毕业之后先去山村支教两年。郑衣衫准备直接工作，早一点儿挣钱帮家里。乔筝一向无所谓，也没什么想法，珍惜眼前，活在当下，以后的事情留到以后再说。

汪年为乔女王的洒脱鼓掌，转头看向一脸纠结的陈桉桉："那你呢？夏老大他们医学系本科五年，你要不要考个研，留在学校继续和他谈甜甜蜜蜜的校园爱情？"

"我还没想好，怎么突然就到了谈以后的出路的时候呢……"

她神情黯淡，眼里全是茫然无措。

夏霁从来没问过她这个问题，在他看来，只要有他在，她什么也不用想，安心待在他身边就好，剩下的都交给他。

乔筝看她那副表情就知道怎么回事了，画得有些妖艳的眼尾勾着，神情却是少见的一本正经："夏霁对你怎么样，我们都是看在眼里的。以你这种脑子天生缺根筋的特性，他以照顾你、包容你为乐，你被宠得四肢退化也很开心，这当然是皆大欢喜的事情。但是太过依赖一个人，把所有的宝都押到一个人身上可不是明智的选择。你看现在那么多关于婚姻矛盾的社会新闻，十之八九是因为女人不够独立。你再想想社会我张姐为什么那么受追捧，那是因为她做了现在太多女人做不到的事情。"

"我不是说夏霁会看上别的姑娘扔了你，他要是有这心思，这几年处处有机会，我只是说万一。女孩子，总要有能独立的能力，而你……”她怒其不争般摇摇头，将当季最热的烂番茄色唇釉涂好，起身点了点陈桉桉的小脑壳，“多余的话我就不说了，你自己好好地想一想。”

陈桉桉抠着手指头，闷闷地叹了口气。

其实类似的想法，她在夏霁退役前后也有过，只是她没有机会和夏霁说，也没机会去做改变。

夏霁把她保护得太好，她是长在他手上的花，风雨全都由他挡去，只有顺着指缝透过来的阳光由她来感受。

手机铃声在这一刻响起，寝室里叽叽喳喳的讨论声随之停下。

“喂，陆教授，我是陈桉桉。”

医大二院的门口如往常一样，来来往往的都是人。

夏霁穿着一件白大褂，推开玻璃门走出去。外面的云朵刚泛出红意，他的小女朋友站在路边，白衬衫、黑色百褶裙，干干净净，黑白分明，站在最红的那朵云下。

看见他出来，陈桉桉献宝一样将小蛋糕奉上，嘿嘿笑着，“我排了好久队才排到这家的草莓慕斯，顺路带过来犒劳我们救死扶伤的夏医生。”

夏霁一挑眉：“难道你不是太过思念我才巴巴地装顺路来看我吗？明知道我在医院穿白色，你也穿白色，强行情侣款，陈可爱，用心不良啊！”

陈桉桉继续嘿嘿笑："什么也逃不过夏医生的眼，你真是当代狄仁杰、再世包青天。"

夏霁的眉头松开，深深地看了她一眼："到底有什么坏事，直接说吧，别来这一套。"

陈桉桉："……"

"每次你这么昧着良心闭眼吹我，准没什么好事。上一次你吹我帅过你墙头刘昊然，虽然这是事实，但是第二天你就假扮你们寝室那个郑衣衫去相亲。都 9012 年了，你们居然还搞代人相亲这一套。"

陈桉桉："……那不是怕小圆被人骗嘛！"

夏霁在人堆里实在是太扎眼，来往的人都会往这边瞄一眼，陈桉桉不想和他在这儿给人表演，拉着他到了医院后面的小花园里。

夏霁坐在长椅上，挖了一勺草莓慕斯往嘴里送。

陈桉桉喜欢吃甜食，他从前是一口不碰，后来被她拐带得也开始吃，草莓慕斯算是他比较喜欢的一款。

不管是习惯还是爱好，她都寻隙渗入他的生命里。

"刚才我去见了我们系里的陆教授，他和我说了一件事。"迎上他递来的深沉视线，她居然紧张得喉咙干涩，嘴张了合，合了张，半天才下定决心说出来，"A 大有一个交换生的项目，其中我们系有一个名额，陆教授希望我把握住这个难得的机会，只去一年，回来之后系里会给保研推免的名额，能留在 A 大继续读研……”

夏霁表情看不出什么，甚至还在吃草莓慕斯，这副山雨欲来风满楼的样子让陈桉桉心里更忐忑。

他一勺一勺地把慕斯吃完，才随口问：“去哪儿？”

“新加坡国立大学。”

夏霁点点头，又不说话了。

陈桉桉攥住他的手，有些急切地说：“陆教授考虑到我英文不是特别好，而新加坡当地人也说中文，交流没什么障碍，对我很友好，所以他很希望我能去……”

“那你呢？你自己很想去吗？”

陈桉桉愣了一瞬，认真地点点头：“是，我很想去。”

夏霁垂下眼皮，从她的手里抽出自己的手，起身将草莓慕斯的盒子扔到旁边的垃圾桶里。

他双手插到口袋里，长身立着，兀自问她：“你这个草莓慕斯在哪儿买的？”

“就在小南路口那家店。”

夏霁飘飘忽忽地笑起来：“吃起来怎么这么苦呢？”

2.0

陈桉桉想过夏霁对这件事情的反应一定是不高兴的，或是当场暴跳如雷，和她吵架，霸总附体似的吼她不准去，不然就让她所有的口红陪葬；或是心机 boy 重出江湖，表面笑嘻嘻，内心暗黑系，出手将她去新加坡的机会破坏掉，再在她失意时温柔守护，让她被卖了还帮他保管微信收款二维码。

可夏霁的反应和她想象的都不一样。

他没有反对也没有同意，神情还很正常，只是看她时眼里总有化不开的情绪……好像是弄丢了什么东西的小孩子。

她看得很揪心，可多问一句、多说一句，他都会不着痕迹地将话题引开。

在他面前，她总是傻乎乎的，等回过神来，他已经和平常一样将她送回寝室，若无其事地离开了。

乔筝不在，也没人给她做心理辅导。陈桉桉想来想去，给夏天发了视频通话。

夏天最后还是迫于唐亦琛的淫威接了那部《恋上你的唇》，不过改演了女二号。戏刚播出，夏天金手指大开，因为见人打人、见鬼打鬼的黑莲花人设又小火了一把。最近她没趁热打铁，参加活动固固粉，而是留在家里挑剧本。

用她的话说，她如今在娱乐圈里有姓名是依赖着剧本里的人设好，以及她自己的盛世美颜，可这样撑不了多久，要想站稳脚跟，还是要靠好作品说话。

夏天和唐亦琛又男女对打了一次，SK 的剧本就都送到她那儿任她挑。

视频很快接通，陈桉桉也不拐弯抹角，把事情直接说了。

夏天愣了下，表情惊讶，随后她摆摆手："你稍等我下。"

陈桉桉见她转回身将脸上的面膜掀开扔进垃圾桶，随后拍着桌子狂笑："哈哈哈哈……夏霁那个狗子居然有今天！哈哈哈哈……"

笑了整整一分钟之后，夏天的脸才回到视线里，拧着眉头，满脸认真："那这个问题还挺严重的。"

陈桉桉："……"不得不说，夏天演戏的天赋真是与生俱来。

"那你先告诉我，你想去新加坡的目的是什么？"

陈桉桉略想了想，说："首先是学习，其次……我想试试离开夏霁的保护，去独自生活一段时间。我不求做一个很好的人，以后能照顾好他。最起码，我不想拖他的后腿。"

"在你眼里，你对于夏霁是负担，可你想没想过，在夏霁眼里，你是什么？"见陈桉桉沉默，夏天转了话锋，"你还记得我曾经无意间跟你提过的，夏霁家里有你小时候照片的事情吧？我后来才知道，那是你和夏霁小时候练击剑参加一个比赛时照的。他说你小的时候特别爱哭，有一次，他把你惹哭了，还送了糖给你。后来你们一起上了一年级，一个班，有人欺负你，你还喊他保护你呢！"

陈桉桉有些尴尬地咳嗽，夏霁只和她在小学一年级同班半个学期就转走了，她已经不记得这些事了。

"夏霁说，那是他第一次体会到有人需要他。后来奶奶过世，他情绪沉郁下去，一直到高一那年又遇到你才好起来。我想他之所以喜欢你也有这个原因吧，他第一眼就想保护你，就和小时候一样。你觉得你太依赖夏霁，但其实夏霁也在依赖你。啊！这就是两情相悦的小美好吧！”

陈桉桉脸热了，眼眶也有些热。

她明明是来寻求解决方法的，结果夏天居然给她搞了波回忆杀，让她觉得她要是去新加坡就是丧尽天良，是弃纯情男朋友不顾的坏人。

夏天将她的反应看在眼里，引诱着问：“所以你还想去吗？”

陈桉桉吸了吸鼻子，斩钉截铁：“想。”

夏天惊天动地地咳起来，缓了缓才道：“行吧，那我大概懂问题的症结了。夏霁对你太用心，你是想安抚住夏霁再走，那我倒是可以给你个方向。”

陈桉桉眼睛一亮：“什么方向？”

“献个身啊，还有什么比这个更好的表忠心方法！”

这下换陈桉桉狂咳起来了。

3.0

这个周末，夏霁好不容易休息，他和往常一样接陈桉桉回公寓，亲自下厨给她做饭。

上好的牛排切成薄厚适中的一块，黄油擦锅，小火慢煎，不一会儿，香味就从厨房里飘散出来。陈桉桉闻着肉味，看着夏霁忙碌认真的身影，脑海里夏天说的那两个字加粗、放大、自带下划线飘了好几个来回。

算起来，她和夏霁在一起也有三年了，按照现在年轻男女发展的速度来算，献身一下也是很正常的。

虽然她还是个纯洁的小可爱，但是也不能昧着良心说不喜欢夏霁完美的肉体……

夏霁做一顿饭的工夫，陈桉桉的思维已经飞出大西洋了。

菲力牛排上桌，倒上酱汁，蘑菇浓汤盛在碗里，奶香四溢。

陈桉桉一边吃一边各种彩虹屁吹捧他的厨艺："哇！这个牛排的香味是真实存在的吗？"

"天哪，这个汤一口下去，让我有种亲眼见到刘昊然的幸福满足感！"

夏霁的汤匙"叮"的一声碰上瓷碗的边缘，他眯了眯眼看她："你又要和我说什么坏事？"

陈桉桉一心虚就爱吹捧他的毛病，久治不愈。

她摇头若拨浪鼓："我发誓，这次绝对没有，我只是单纯地赞美你，请看我纯洁的双眼。"

夏霁倒真的仔细地看了一会儿，随口道："没以前纯洁了。"

陈桉桉汗毛都要竖起来了。

这他都能看出来？

天桥底下摆摊算命的吗？

吃完饭，夏霁收拾碗筷，陈桉桉想帮个忙，被他一把推出厨房，按在沙发上："电脑里有你前天说想看的电影，冰箱里有芒果味的酸奶，有点儿凉，放一放再喝。"

陈桉桉被他安排得明明白白，乖乖地点头。夏霁回到厨房，水龙头打开，"哗哗哗"的水流声将轻轻的走路声掩住。他刚拿起一个碗，腰就被人从后面环住，紧接着她的脑袋枕在他的后背上。

他立时僵住，状似凶恶地赶人："快出去，还嫌厨房被你炸的次数不够多吗？"

她摇头，毛茸茸的脑袋在他背上蹭来蹭去的，磨得他一颗心都要烧起来。

他无声地叹息，往后伸手。陈桉桉以为他是想甩开自己，灵敏地往上一蹦，双手勾住他的脖颈儿，整个人像只小考拉一样吊在他身上，脸歪着，柔嫩的唇在他脖子、脸颊上胡乱地亲着。

这样再没点儿反应就不是个正常男人了。

夏霁扔下碗，驮着考拉·桉出来，灵活地一使力把她卸下来，将她按进沙发里。

她今天穿了件帽子带兔耳朵的粉色卫衣，衣服后面还有条短短的兔尾巴，此刻脸红扑扑的，唇害羞地抿紧，那双他最喜欢的小鹿眼睛大睁着，眼里只有他的倒影。

他是想做只灰狼，把小白兔拆吃入腹，可是——

他蹙了蹙眉，起身又要回厨房去。陈桉桉没想到他这个反应，连忙小跑过去，拦在他面前："你……你什么意思？"

夏霁笑了：“什么什么意思？”

陈桉桉脑袋拧成结，脸也跟着拧到一起，可她不知道怎么开口。

夏霁看了她良久，绕过她要走，她急得脱口而出：“我想为我们的爱情献个身，需要夏医生积极配合一下。”

“如果你只是想安抚住我，那你大可不必这样，不值得。”

“我是想安抚住你，可是夏霁，我喜欢你，所以我才想和你在一起。”

夏霁仰头深吸了口气，转过身左手一把扣住她的腰身往自己身上一拉，右手按在她肋骨下方仔细地摸了两下：“这名患者说想献个‘肾’，据本医生望闻问切，这个部位不好，不如换个位置。”

他由那个位置往上，隔着衣服还感觉不出来什么，手卷着卫衣向上探，所到之处一片滑腻，像软软的QQ糖。他滚烫的唇跟着压下来，模糊地呢喃：“这个位置最好，本医生很喜欢。”

4.0

最后陈桉桉还是没有真的献身，只献了只手，献到最后，手都抽筋了，疼得她哭笑不得。她的腰腹处和胸口上都是红痕，夏霁这人真的是属狼的。

夜色温柔，夏霁从她身后抱住她，给她揉着手背，她的手渐渐地不再疼了。他作势还要给她揉揉胸口，被她一爪子打开才消停。终于在炙热中有难得的静谧，她靠在他汗津津的胸膛上，声音也沾了丝甜："夏霁……"

单单两个字也让他嘴角微翘："嗯？"

"你还在生我的气吗？"

"我从来没生过你的气，只是你离开那么久，除夕和初一没人照顾。"

陈桉桉勾着他的手指玩："还有呢？"

"学校门口那家花店最丑的花该没人买了。"

陈桉桉："……"

"厨房也没人去炸了，它该多寂寞。"

她在他怀里转过头，瞪着他咬牙切齿地喊："夏霁！！"

他笑了笑，手臂勒紧，脸埋进她的颈窝里，气息热乎乎地传给她："我也没人陪了。"

肩头传来一阵湿热，陈桉桉浑身僵硬，磕磕巴巴地问："你……你哭了？"

"没有。"他倔强地回答，声音哽咽到发颤。

陈桉桉沉默了会儿，才说："你这个样子很像被我骗身骗心，欺负哭了。"

"是啊，我不就是被你先骗了心又骗了身吗？刚才要不是我坚持底线，我早就被你吃干抹净了。"

陈桉桉闭了嘴，她的手还酸，拎不起八十米大刀手刃他。

"你想试试看我不在你身边，你能不能生活下去，那我也试试吧！"

“试什么？”

“试试看你不在我身边，我到底能想你想到什么程度。”

夏霁这关过了，陈桉桉和家里说了要出国的事情。

这样好的机会，陈家爸妈当然是举双手赞成。老陈虽然也很心疼宝贝女儿独自生活，但更想让她去见见外面的世界，提升一下自己。

爸妈这么容易放她走，反倒让她觉得夏霁那么大的反应很奇怪。

她和陆教授打过招呼，正式地报了名之后，就开始着手准备去新加坡的一切事宜。

在这学期的期末来临前，她总算也找到了一条自己想去走的路。

夏霁不常在学校，在的时候也大多去医学院忙，陈桉桉的这些事情他一点儿也没插手，倒像是刻意避开一样。

陈桉桉忙得脚打后脑勺，也没有精力多想，倒是有一次和夏天聊天时随便说了几句，夏天过后直接找上了夏霁：“我告诉你，你要是敢对不起小嫂子，我就把你上回买通我为你说话，给你争取福利的事情招出来，顺便再大义灭亲，清理门户。”

夏霁推开阳台的门，站在栏杆前，俯瞰下面的点点灯光，嗤笑一声道：“没事儿发什么神经？”

“小嫂子善良，看不出你的本质，你还想蒙我？你一个以前训练忙到疯，只睡两个小时都可以去给小嫂子买城南的红豆酥的人，会没那两个小时陪她办出国的事？”

“她想独立，想尝试自己一个人生活，我既然答应她了，就要做得彻底。不然，我可能会后悔。”

“后悔？”

他舍不得看她难过，看她纠结，看她焦头烂额。

只要她皱一皱眉，他的世界就跟着抖一抖。

他怕看到她这样，就再也放不开手了。

二十

陈患者：我得了一种没有你就想哭的病

1.0

“现在要是让我选择一个回到过去的时间点，我一定要回到填报志愿的那一天，趴在自己的耳边轻轻说：‘不要报广告设计专业，你清醒一点！活着不好吗？’我真的是苍了天了！你知道吗？上回有个项目，甲方说第一个方案太花，没突出他们公司的logo；我改呀改，做了第二版，对方又说太素，不够抓人；我便继续改，加油做第三版……我加班加点，连熬了周末两天做完最新的出来，甲方负责人和我说，还是觉得第一个好。我真的想变成贞子，钻出屏幕打爆他的狗头！！”

自从在一家广告公司实习后，任天一的每周日常便是辱骂奇葩甲方，骂完了便长长地舒一口气：“我现在就靠着跟你发泄来让自己扮演好一个情绪稳定的正常人了，活着太难了，太难了啊！！”

整个视频都在抖，显示出她的崩溃。陈桉桉举起拳头，隔着几千公里为她摇旗呐喊：“加油，一切为了生存！”

任天一喝了大半杯水，顺过那口气，仔细地打量着她。陈桉桉本来就是巴掌大的小脸，大半年没见，脸居然更小了，这么近对着镜头都没有一点儿歪，真是令人羡慕。

“我本来还等着你过年回来，好给你表演个花式捶死甲方，没想到你居然没回来。”

陈桉桉叹了口气：“没办法，课题比较忙。你以为一年修满两年的学分那么容易吗？啊？？鬼知道我是怎么熬过来的！往事不可追啊不可追。”

提起往事，对面的任天一抿了抿唇，再开口时有些犹豫：“正月初三那天，班里有人组织同学会，夏霁也去了。”

陈桉桉心里一刺，眼神飘忽起来，脸上却还挂着笑：“毕竟是大学毕业之前的最后一场同学会，他应该去的。”

“夏霁那天喝了不少酒，因为你没回来，班里很多人都问他你去哪儿了。夏霁全程一言不发，只顾着灌酒，最后还是郭铭昊打岔才糊弄过去了。”她过后去问过夏霁，但是什么也没问出来。

任天一也是看着他们一路走过来的，她了解夏霁，他不想说的，怎么也不会说。可他越不解释，越是说明他有问题。

“桉桉，你和夏霁怎么了？”

陈桉桉脸上突然没了飞扬的神采，沉静得像是高中大部分时候的她。

她垂下眼，长长卷翘的睫毛在眼下投下阴影，声音很轻，仿佛在自言自语：“是啊，我和夏霁怎么了？”

陈桉桉刚来新加坡国立大学的那天，赶上一场突如其来的急雨。

坐了八小时的飞机，再坐两个小时的车从市里到学校，她精疲力尽地拖着行李到达，站在车牌下瑟瑟发抖。

来来往往撑着伞的人，没有一个是她熟悉的。

那天她找到寝室办理入住手续，联了网，行李都没来得及收拾，匆匆地洗了个热水澡之后沾枕头就着，一个梦接着一个梦地做，全都是关于夏霁的。睡到凌晨两点，她燥热难受地醒来，发现自己发烧了，吞了两片药片，迷迷糊糊地又睡过去，再醒来时，手机里全都是夏霁的消息，从昨天下午三点开始，最后一条是今天清晨五点十三发的。

他一夜没睡。

她赶紧打语音电话过去，告诉他情况，他这才放下心来。有教授喊夏霁过去，他嘱咐她好好休息，记得吃药，匆匆地挂了电话。

她在新加坡的生活很忙碌，学习很忙，社会实践也很忙。她一旦认真做什么事就分不开心，往往等休息的时候摸出手机一看，才看到夏霁给她发的消息。

她很愧疚，晚上视频的时候戴兔子发卡撒娇卖萌，求夏大人原谅。

夏霁没说什么，只是随着她经常不回消息，他发的消息也越来越少。

陈桉桉有次去克拉码头附近做社会实践时，意外地碰到了个熟人，她曾经教了半个寒假英文的陈同学。

没有什么比在异国他乡碰到自己认识的人还令人激动的了，她跑过去，笑眯眯地拍了下他的肩膀。

陈同学一转身，看着陈桉桉，觉得自己出现幻觉了。

他像是故意要离开A市不见到某些人一样，高中毕业之后直接申请了新加坡国立大学，却没想到某些人就是天生的魔咒，他怎么也逃不开。

之后陈桉桉再出来，总能和陈同学碰到一起。

晚上她眉飞色舞地和夏霁说遇到陈同学的事情，说他请她到克拉码头喝了当地好喝的果酒，又看了一场烟火。夏霁的脸色随着她的描述越来越黑，语气很生硬："以后不要和他一起出去了。"

"为什么？"

"他对你用心不良。"

"怎么会，他以前是我学生呀！从年纪上来说，他就是我弟弟，你不要把每个人都想成假想敌好不好？我哪有那么抢手。"

第二天晚上，她再打视频电话时，夏霁久久没接。

陈桉桉猜他肯定是因为昨天她没听他的话生气了，这飞醋吃得简直是莫名其妙，她气鼓鼓地挂断视频电话，再把手机关机扔在角落里。

彼时的A市，医大二院的手术室外，夏霁一遍一遍地听着手机忙音，疲惫地阖上眼。

2.0

陈桉桉闹脾气的那一晚，夏霁再一次经历了曾经的绝望。

夏父心脏病发，被紧急送到医院抢救。他安抚着母亲，劝慰着夏家几个年纪小的弟弟妹妹，强大得像是一堵墙，只是在避开人到楼梯间时才红了眼眶，抖着手给那个他想倾诉脆弱的人打电话。

他只想听一听她的声音，可终究没能听到。

好在救治及时，夏父的手术很成功。

陈桉桉从夏天那里知道消息的时候恨不得掐死昨晚的自己，她联系夏霁，小心翼翼地安慰他，可他的心情实在是不好，没有力气反过来照顾战战兢兢的她，只清清淡淡地应了几声。

陈桉桉突然发现，不知道从什么时候开始，她和夏霁的距离好像越来越远了。

在新加坡的那段日子，夏霁来看过陈桉桉一次。

她知道假期是夏霁在医院见习最忙的时候，他能抽空过来一定很不容易。她兴致勃勃地做打卡列表，打算陪夏霁好好地玩两天。

坐一坐摩天轮，去环球影城玩过山车，到小印度的彩色墙壁前拍照，在哈芝巷逛市集、吃当地的美食……

只是流程走了不到一半，陈桉桉接了个电话，脸色顿时就变了。

他们到小印度拍照，最后变成了陪陈同学到医院照 X 光。夏霁和陈同学面面相觑，彼此眼里是藏也藏不住的敌意。

夏霁掐了掐眉心，冷冷一笑道："陈同学这腿真是骑自行车摔的？我怎么觉得这像陈同学自己砸的？不然怎么会伤得这么集中，只在小腿骨，别的地方一点儿擦伤也没有？我在你这个年纪的时候，可做不出这么脑残的事情。”

“夏霁！”陈桉桉伸手扯了扯他，他看着她也没什么好脸色，话说得很刺耳：“我大老远来就是看你护着他对我大声喊的？陈桉桉，我劝你一句，交朋友要带眼睛出门。”

她被他说得脸疼，梗着脖子怼回去：“不用你管！”

“行，不用我管是吧，你可别后悔。”

他气急了，直接飞回了A市。陈桉桉第一次吵架吵赢了他，可一点儿也不开心，大眼睛噙着泪，要掉不掉。

陈同学递来纸巾，她一巴掌拍开他的手，反手抹掉了眼角的泪：“喜欢人要正大光明地争取，用一些旁门左道只会让人讨厌。我今天留在这里，是因为你为了我砸了腿，我不能不管不顾。但是今天之后，你不要再这样伤害自己了。我有男朋友，我很喜欢他。即使我们吵架，我还是喜欢他。”

陈同学收回手，语气郑重：“对不起。”

再之后，陈桉桉和夏霁的关系仿佛陷入了一个魔幻世界。

夏霁回到A市后像是冷静了下来，还和从前一样，没有因为陈同学的事情有什么改变，但是陈桉桉心里总扎着一根刺，她想和他把自己跟陈同学的关系解释清楚。但是她每天在忙，他也是。等空闲下来时，看着夏霁比以前消瘦很多的样子，她舍不得再惹他心烦，只好小心翼翼地把情绪掩饰得很好。

就这么一来二去，在冬天来临时，她陡然发现，她已经有七天没有联系过他了。

原来夏霁之前对于她离开的反应那么大不是没有道理的。

时间和空间的错开，真的能将喜欢的人推远。

3.0

寒假陈桉桉没有选择回家，而是在学校跟几个同样留下的同学一起过这个春节。

克拉码头的风很冷，她裹着厚厚的大衣，被风吹得浑身冰凉。烟火绽放的那一刻，她捂着脸号啕大哭。

陈桉桉连问都不敢问夏霁他们现在究竟是什么关系，也不敢回去，她怕今年陪夏霁去江边看烟火的另有其人。

夏霁常说她像一只兔子，柔软、可爱。可她也有兔子的缺点，怯懦、敏感。

她觉得自己做错了太多，多到已经不知道从哪一件事开始弥补才能找回她的少年。

“夏霁，夏霁……”

这大半年，她学着去做饭，虽然品相还是不好，但勉强可以吃。

她学着去记路线，在从寝室到图书馆的路上来来回回丢了好几次，可也咬牙坚持过来了。

离开夏霁，她是可以生活下去的。

她试过了。

可她把他给丢了。

本来她以为难挨的时候已经过去了，可此刻光简单回忆就让她受不了。陈桉桉匆匆地关掉和任天一的视频通话，去洗手间洗了把脸，回来时消息界面闪动。

【夏霁：除夕生了两只宝宝，夏天想抱一只回去养。】

【陈可爱：好。】

【夏霁：这两天，那边天气变化太大，出门记得带伞。】

【陈可爱：好，我知道了。】

陈桉桉捧着手机反复地看他发的两条消息，把每个字拆开重组，再拆开、再重组……这段时间他们就是这样，偶尔交流一两句，然后是漫长的沉默。

她不敢捅破窗户纸。在这个陌生的地方，她不知道一旦确认她和夏霁分手的事实后，她还能靠什么撑到回国。

她想自欺欺人，假装快乐也是快乐。

陈桉桉在新加坡国立大学修满了学分，回国的事情也提上了日程。

她要在A大毕业典礼之前回去拿毕业证，回国的时间就定在了六月初。买好了机票，陈桉桉才发现，这次她回国的时间刚好是高考结束的第二天，也是她和夏霁约定好“一日情侣”的那一天。

她没有跟他说回国的事情，收拾好行李，跟相伴一年的同学们和导师们告别。

陈同学经过上一次的事情之后安分了很多，只在陈桉桉走前一天找她出去吃了顿饭。

“你这么不开心，回去了之后只会更难过。虽然我不是什么好人，可我不会让你哭。桉桉，以后你让我照顾你吧！只要你点头，我立马休学回国读书。”

事实证明，中二这种病在陈同学身上并不会随着年龄的增长而痊愈。

陈桉桉哭笑不得地看着对面的人：“其实你是个好人……”

陈同学呼吸一窒，烦躁地道：“行了，接下来的不用说了，我不想听。”

陈桉桉的笑容渐渐地变淡：“你和夏霁有一点像，我常常在想，他在你这个年纪的时候……”

这个和夏霁同款的开场白让陈同学心中的阴影都要扩张到肺了，他咬牙切齿地道：“祝你一路顺风！再会！”

二十一

夏医生：你是我的糖，不说话都很甜

lovely girl

1.0

陈桉桉是六月九号早上的航班，下午两点三十五分到达A市。她行李不少，老陈说他会开车来接她。

八个小时的飞机坐下来，她整个人昏昏沉沉的，将托运的行李箱推出来，准备一会儿回家后先昏天黑地地睡一天一夜再说。

她小小的一只，艰难地推着三个大箱子，刚往出口走，眼睛往人群里一扫就扫到了一个人。

她觉得自己可能是在飞机上睡眼花了，揉了揉眼睛再扫过去，却还是那个人，顿时惊得清醒过来。

夏霁本就天生一副好皮囊，此刻又穿着一件白大褂，机场来来往往、挨挨挤挤的那么多人里，他尤其惹眼，她想注意不到都难。

难道他是来接我的？

陈桉桉被这个想法击中，浑身热血沸腾，然后下一秒就被自己浇凉了。

他们已经不是腻腻歪歪的恩爱狗了，再说他也不知道她今天回来。他一定是来接别人，她刚好碰到了。

他这么急，连白大褂都没换就过来了，接的是谁呢？

陈桉桉心里的酸水“咕嘟咕嘟”地沸腾着，都能煮一锅酸菜鱼了，可她不想营造狗血的修罗场，举着 iPad 挡住半张脸，避开他从另一条通道出去。

不料她刚过去，握着行李箱把手的手猛地被人攥住。她的心像是要从嗓子眼儿里蹦出去一样，缓慢地挪开 iPad，露出一双眼，视线将夏霁整个人囊括。

他歪着头，脸上看不出什么情绪，只视线一寸一寸游移，将她打量了个遍："怎么着，出国一趟回来还脸盲了？"

陈桉桉愣了一会儿，不敢确信地问："你……你是来接我的？"

"不然呢？"

"老陈……"

"没来。"

陈桉桉的脑子已经跟不上剧情了，她支吾了半晌才开口："我们不是已经分……"

"你不是想独立，想离开我去尝试生活吗？好了，现在尝试完了，回去挨打。"夏霁自然地接过她手里的行李箱，扭过头阴恻恻地问，"对了，你刚才说分什么？"

求生欲让陈桉桉转了话锋："……分分钟都妙不可言，这是爱情啊！"

夏霁嘴角扬起满意的微笑，笑得她后背发凉。

司机将陈桉桉连带着她的行李全都送进了夏霁的公寓。

一路上，夏霁没怎么说话，像是故意给足够的时间让陈桉桉思考人生，以及待会儿挨打的姿势。

陈桉桉愁得手指甲都要啃秃了，一进门就撒丫子跑进了二楼的客房。夏霁倒是不慌不忙，将她的东西拎进来，一样一样地拿出来，归置好放到主卧去。

陈桉桉耳朵竖得老长，听见动静后突然想起什么，慌张地跑过去，看到眼前一幕，当即脸炸红，一把夺过夏霁手里拿着的柔软小内内，顺便挡在了自己的行李前头："你你你你干吗？"

夏霁用下巴点了点衣柜："替你收拾东西。"

"我没说要住在这儿……"

夏霁眼一眯，站起来将门关上，"咔嚓"落了锁。

陈桉桉脑中警报拉响，完了，这次好像是她自己送兔入狼口的。

"既然你这么说，那我就先不收拾东西，先收拾你好了。"夏霁话音一落，像一只扑食的狼一样窜到她的面前，在她的惊呼声里单手把她扛起来，坐在床边把她按在身上，"啪"的一巴掌拍在她挺翘的小屁股上。

"啊——夏霁你变态呀！"

他不理她，恶狠狠地又一巴掌拍下去。

"平时不和我联系，想冷着我？"

"过年也不回来陪我去江边，想造反？"

"回国也不提前告诉我，想上天和太阳肩并肩？"

"……"

她呜呜咽咽的，可委屈了。她的屁股都被他拍麻了，但脑子跟着彻底被拍醒了。

什么分手，什么弄丢，到头来都是她脑补太多。仔细想想，一开始确实是她怕惹他生气，慢慢地减少了和他的联系的，而他一直当她想真正独立，忍着成全她，甚至在同学会上被戳中烦恼点，借酒消愁。他攒了那么多怒气，就等着她回来，把之前的账一口气算清楚呢！她就这么大方地送上门来。

陈桉桉有预感，她会“死”得很惨烈。

她脖子一拧，细声细气地喊：“我……我可以赎罪的。”

夏霁停下，“哦”了一声：“说说看，怎么赎罪？”

“……卖身？”

2.0♡

陈桉桉一直是个娇气的人，她以前是听乔筝科普过这方面的知识的。夏霁之前一直当她是害羞，其实她是怕疼才总往后拖着不和他再进一步。

当她真的“卖身赎罪”的时候，夏霁捏着她不断发抖的肩膀，也发现了这一点。

他的手顺着她的肌肤向上，指尖揉着她发烫的耳垂，唇细细密密地落在她的脸颊、脖颈儿上，再顺着锁骨往下滑，嘬吻着她白嫩的皮肤，轻柔地安抚着她的不安。

“别怕。”他复又攀上来，轻轻地亲着她的眼角。

陈桉桉浑身抖得更厉害，可这回不是怕的，是被他的手刻意撩拨的。她细嫩的胳膊挂在他的身上，撇着嘴哽咽道：“我不怕，我叫陈坚强。”

夏霁闷闷地笑出声，捞起她细软的腰肢……

问：有一个曾经是全国击剑冠军的男朋友是什么感受？

答：求生不得，求死不能。

陈桉桉以前只要撒娇卖萌，夏霁就会防线全崩，她让他做什么，他就做什么。但是在昨夜，她越是撒娇求放过，他就越起劲儿。她长途跋涉，加上心里情绪百转千回，再加上这次的“卖身”活动……三件事加在一起的结果是，到最后，她非常丢脸地昏过去了。

她再次对这个世界有感觉，是因为她迷迷糊糊地闻到了一股香味。

煎培根肉的香味。

她半坐起来，眼睛还没睁开，鼻子嗅啊嗅。

夏霁将饭做好回卧室去叫人，就看见陈桉桉顶着一头乱糟糟的头发顺着香味的方向爬，像只找食物的小猪崽。他赶在她掉到地上之前捞起她，目光在她光溜溜的身上游移着，眼神黯了又黯。

陈桉桉的灵魂是被肉香唤醒的，身体则是被夏猪蹄子啃醒的。

她终于睁开眼，软绵绵地把埋在她胸口的人推开。

“我饿了。”

夏霁心满意足地勾起唇角，这时候真是好说话得很：“好，我们去吃饭。”

在新加坡时，陈桉桉无时无刻不在想念夏霁做的饭菜，一顿饭吃得狼吞虎咽，差一点儿就感动到泪流满面了。

夏霁又盛了碗排骨丝瓜汤给她，她小口小口地喝着，心满意足。

“回头我制定个计划表，争取两个月把你喂成小猪。你这么瘦，抱着都硌人，揉着都不舒服。”

陈桉桉一口汤差点儿把自己呛死。

他在说什么哦？她太纯洁，都听不懂呢！

“和我说说这一年吧！”

“说什么？”

“随便说，只要是和你有关的，我都想听。”

陈桉桉用小汤匙拨了拨碗里煮得透明的丝瓜，撇着嘴开口：“课题好难，我每一天都好累，回到寝室就只想像死狗一样瘫着。新加坡的天气很讨厌，总是湿漉漉的，一会儿下雨一会儿停，我被雨淋了好几次，发烧烧得感觉自己更傻了。做饭真的好难，炒菜差点要了我的命，我就学着做各种各样的面条……”

她曾经怕惹他心烦而藏起来的抱怨，此刻被他像是对待重要的汇报一样认真地听着，时不时还出言附和着她。

陈桉桉一口气说了一堆，停了停，抬起头看他：“夏霁，我很想你。”

因为你比我想象中的要重要。

所以我比想象中的还要想你。

夏霁的心像那一锅肉粥一样变得软烂，米粒被煮到开花，溢出甜香。

“我也想你。”

每一时每一刻，每一分每一秒。

我都在想你。

3.0

陈桉桉回了一趟家，这么长时间没回去，陈爸爸、陈妈妈都很开心，准备了一桌子她爱吃的菜。

这一天连着两顿吃得沟满壕平，她肚皮都要撑破了，便下楼去散步消消食。刚下到一楼，她就看见那个熟悉的角落里立着一个熟悉的黑影。

她的眼弯起来，两步并作一步跳到他身边。

“你是不是把这个地方包年了啊？总在这里，也不换一个地方站。”

“怕你眼神不好，一不小心错过我。”夏霁伸手压了压她的脑袋，点头，“一夜过去，你长高了，以后我要多多给你浇水，帮你突破 156cm 的极限。”

陈桉桉想了一会儿才明白他说的意思，红着脸掐他：“那你可真是功勋卓著呢！”

“那是自然。”夏霁伸出手，递到她面前，“有功之臣想请你去个地方。”

“去哪里？”

陈桉桉没想到夏霁会带她回一中。

守门的保安不轻易放校外人员进去，夏霁让陈桉桉在原地等着，人进了保安室，没一会儿的工夫就出来，牵起她的手大大方方地往里走。

“咦，你对他说了什么啊？”

“我说如果他不让我们进去，我女朋友就不答应我的求婚。事关我的终身幸福，我恳求保安大哥高抬贵手，他一听，立马就让我进来了。”

陈桉桉咬着下唇，脸上表情不自在：“你胡说什么呀？”

她内心OS：我的妈呀！夏霁要和我求婚了，怎么办怎么办？我要有怎么样的反应才不会显得太激动、太丢人？在线等，很急的。

夏霁淡淡地道：“确实是胡说的。其实那个保安认识我，我刷了脸，他就让我进来了。”

陈桉桉：“……”告辞了。

这个点刚好是下午放学，学生们都跑去食堂吃饭了，他们走在校园里，碰到的人不多。

操场上有一下课就来占场地的男同学，白色球衣五号运球时，篮球不小心脱手。篮球滚啊滚，滚到了夏霁的脚边。夏霁脚尖勾起球运到手上，一个用力传了回去。

五号遥遥点头："谢啦学长！"

陈桉桉笑眯眯地拍他："夏学长很帅气嘛！"

夏霁挑眉："是你家的，开心吗？"

"开心。"她笑着往前跑，站在塑胶跑道的起点。

"我以前每天吃完早饭就从这里开始走，绕操场两圈听手机里录的课文朗诵。"

"然后去班里收作业交到办公室，再上一上午的课，等中午去抢食堂的糖醋小排。"

"上完下午的课，回家里吃饭，复习一天学习的内容，偶尔和任天一、江梨她们出去走一走。"

陈桉桉想了想，摊手："这么说起来，我那时候确实是个很无趣的人。"

"确实是，不过有我这么有趣的人在，再无趣也是有趣。"

夏霁站在她身边，和她十指相扣。

"你去食堂抢糖醋小排时，我故意凑过去排队。你回头，脑袋就蹭上了我的掌心。"

"你在班里收作业时，我故意拖到最后一个交。你着急来抢作业本，手不小心碰上了我的手。”

“你在操场上听课文朗诵时，我在一边跑步，趁你入迷往你跟前凑，等你一转弯，人就直直地撞到了我的身上。”

夏霁得意地笑道：“我用尽浑身戏精本领，将我们的初次摸头杀、初次牵手、初次拥抱都实力提前了三年。”

陈桉桉恨恨地抓过他的手咬了一口，咬完又亲了一下。

忽然来了一阵风，温温和和拂面，她舒服地眯着眼。

夏霁看向身边的人，她是他心里的糖，不说话都很甜。他在这一刻单膝下跪，陈桉桉惊愕得睁大眼。

眼里满满的都是他。

“我曾和陈同学说，到我二十七岁时，你会是我的合法妻子。今年我二十四岁，现在我想再发挥戏精的特长，再将时间提前三年。陈桉桉，你愿意吗？”

陪我短暂一生。

让我此生无憾。

你愿意吗？

远处红意漫上天，漫上情人脸。清风送来青草香，送来温柔意。

篮球场上的男生们挥汗如雨，来往的女生们谈论着最新的娱乐八卦。

时光好像在这一刻回到了过去。

回到了十七岁。

那一年，他喜欢上了她。

他尽力拼凑着和她可能有的以后，一步一步地从过去向她走来。

而未来的路，她想和他一起走。

所以——

“我愿意。”

总有人会在回忆里记得你。

总有人守望过你。

总有人喜欢你。

——全文完——

后记

对不起，这次是我弄丢了你

八月初的一天，我发了一条有关前男友D的微博，编辑在评论区嗷嗷叫，让我写文，长篇、短篇都行。现在记录真实经历的秀恩爱段子书很受欢迎，但是我想，应该没有人想看一个结局不是大团圆的段子书吧，所以我决定以校园为背景，写一对可爱的小情侣，最后就有了现在你们看到的这本《他的小可爱》。

书里很多的桥段来源于我和D的真实故事，比如夏霁和陈桉桉因为“一日情侣计划”在一起，比如高中的时候夏霁给陈桉桉收拾桌子，比如夏霁给陈桉桉下厨做饭……陈桉桉的性格和特质就和我本人一样，迷糊、路痴、炸厨房……她有夏霁在就无所畏惧，而那个时候的我，因为有D的存在，丝毫不担心外面的风风雨雨。

我和D也算是青梅竹马，很小的时候就认识了。那时候的他符合所有描述少年气息的词汇，干净清秀，常穿着白衬衫，骑着单车在路上经过时带起尘土，是在炙热的阳光下闪闪发光的少年。

但这样外表看起来很无害的D其实很毒舌，他常常会嘲笑我胖，嘲笑我打游戏很烂，嘲笑到我生气想打他时，他会用他的口才说得我什么气也没有，然后他继续嘲笑我真好骗，周而复始地和我打架斗嘴。是啊，我真好骗，可那时候我想被他骗一辈子来着，谁知道一辈子那么长，我们走着走着，就在中途走散了。

像夏霁守护陈桉桉许多年一样，D也在我身边好多年，喜欢我好多年。只不过和夏霁隐忍的暗恋略有不同，D的感情很直白，他想对我好的心思从来不会隐藏。我天生别扭的性格让我一时间很难把他从好友转变成男朋友，所以在散发着青草气息的高中时光里，他总是站在我一步开外的地方，不远不近地等着我。

我们各自努力学习，准备高考，偶尔在上学的路上碰见，和我结伴走的同学会很自觉地扔下我。短短的一段路，我们简短地说几句话，到了教室门口就分开。所有人都知道他喜欢我，所有人都知道他在等我。

高考之后，D对我说，他不奢求太多，只想和我做一天的情侣，让他的高中生涯再没有遗憾。那一天其实没有太多的记忆，也没有太多的不同，我们照旧在路上碰到，照旧地聊天互怼，只是在晚上，他说他后悔了，他不仅想和我做一天的男女朋友，他想和我一直在一起。

少年的喜欢青涩又动人，我们正式地在一起了。

因为各自的大学在不同的城市，我们开始了异地恋。在这段感情里，向来是他付出得更多。他等了那么多年，付出了那么多年，所以他希望我用同等的喜欢来对待他。但是我天生性情冷一些，不愿意去依赖别人，因此他总觉得这段关系不平等，总伤心难过。

我们各自忙碌，很多事情都没来得及第一时间告诉对方，从而患得患失，不安焦虑，总是在质问对方。其实我对于后来的记忆很模糊，我记不清究竟发生了什么，也记不清我们究竟吵过多少次架，只记得很久之后的一天，他问我："你有喜欢过我吗？"

我觉得被质疑，所以我尖锐地回过去："可能喜欢过，但在日复一日的争吵中磨没了。"

我们没有说过"分手"两个字，但我们再也没有联络过了。

我和D就这样在繁忙中各自奔波，再一步一步地把对方推向远方。

之后我的大学生活很无聊，我像是被抽走了一根脊骨，懒洋洋地窝在原地不动，不想去社交，也不想去见外面的世界。我也不是没有遇到很好的人，可总觉得差了点儿什么，直到后来我在微博上看到一句话——“年少时不要遇见太惊艳的人，否则余生都无法安宁度过。”

是啊，遇上他之后，我觉得所有人都像他，但所有人又都不是他。

大学毕业那一年，我们重遇了。

我们一起吃了饭，一起聊了天，彼此看起来都是成熟的模样。他送我回家，车开着开着却停在了半路上。刚过完年，北方的冬季还很冷。街道两旁是萧索的风，是裹紧大衣匆匆走过的人。

他又问了那个问题，执拗又坚持：“你有喜欢过我吗？”

这句话像是把钥匙，轻易地开启了记忆的大门。我们还是那时候的少男少女，为了爱情无所畏惧。

我笑了笑：“如果不喜欢你，我怎么会和你在一起？”

那天回到家里之后，我做了个梦。

梦里我回到了高中，午休之后和两个朋友结伴去上学，远远地看见D在前面走。有人喊了他一声，他回过头，脚步停下，站在路口笑着等着我。

我的骄傲，我的固执，让我不肯承认我喜欢他。

我们的争吵，我们的距离，让我们彻底分离。

书里陈桉桉和夏霁携手走向远方，而我和D在路口分开，各自远走。

最后我以《他的小可爱》纪念在我的记忆里闪闪发光的少年，在那个平行世界里，我们终于有了一个好的结局。

只是在现实里，我没有魔法棒，我无法让时间倒流，回到过去，去抱抱饱受痛苦的我和你。

我的少年，对不起，这次是我弄丢了你。

萧小船

2018.10.5 于家中